Stefanie Goedeke

Die Elalas

© 2022 – all rights reserved
Ideen haben Rechte! Das Werk ist einschließlich aller seiner Teile urheberrechtlich geschützt.
Jede urheberrechtswidrige Verwertung ist unzulässig.
Alle Rechte sind vorbehalten, insbesondere die Rechte der gesamten Reproduktion/des
Nachdrucks sowie der Verbreitung und Übersetzung.
Kein Teil des Werkes darf in irgendeiner Form (weder durch Fotokopie, digitale Verfahren
sowie PC-Dokumentation) ohne schriftliche Genehmigung des Autors bzw. des Verlages
reproduziert oder in Datenverarbeitungsanlagen sowie im Internet gespeichert werden.
Text: Stefanie Goedeke
Illustrationen und Coverabbildung: Stefanie Goedeke
Covergestaltung: Verlagshaus Schlosser
Satz und Layout: Verlagshaus Schlosser
ISBN 978-3-96200-624-2
Druck: Verlagsgruppe Verlagshaus Schlosser
D-85652 Pliening • www.schlosser-verlagshaus.de

Printed in Germany

Für J., R. und E.:
Ein Märchen in zehn Bildern,
eine Jahrtausende alte Kette mit Figuren,
die zu Teilen einer Geschichte werden.

1. Ola - Elala

Überall auf der Erde gibt es in Felswänden Risse und Rillen, Unebenheiten, Löcher in den Steinen, Geröll und hier und dort einen fingernagelbreiten Eingang. Durch ihn schlüpfen die Elalas. Elalas gehören zu einer treuen Familie: Im großen und ganzen sind sie alle irgendwie miteinander verwandt, miteinander verheiratet oder voneinander geschieden, ineinander verliebt oder voneinander verwirrt. Und ab und zu sind sie auch ganz und gar voneinander abgestoßen. Elalas bilden gerne Paare. Manche Elalas haben aber nicht die geringste Lust zu heiraten, sie bleiben lieber allein. Andere halten es nie lange in einer Gegend aus, oder sie wollen nur ab und an mit einem Elala ein Elala-Pärchen bilden. Es gibt auch welche, die wollen immer gleich mehrere Elalas auf einmal oder hintereinander haben, aber sie sind in der Minderheit, denn Elalas sind keine Draufgänger. Viele von ihnen sind auch sehr treue Familienmitglieder. Sie kommen alle nur einmal am Tag für etwa eine Stunde zwischen den Felsen hervor, um Sauerstoff einzuatmen, von dem sie einen Vorrat anlegen. Der muss ihnen bis zum nächsten Tag ausreichen. Dazu dient ihnen ihr Elala-Ei. Es hängt wie ein Täschchen an der rechten Seite ihres Körpers und filtert die Luft für sie, die unter der Haut von einer Elala-Vene in den Blutkreislauf geführt wird.

Wird das Elala-Ei eines Elalas verletzt, gerät es in Gefahr. Es hat Überlebenschancen, wenn es einem anderen Elala gelingt, das Täschchen rechtzeitig zu flicken. Normalerweise verschwinden die Elalas nach etwa zehntausend Atemzügen pro Tag an der frischen Luft sehr schnell wieder unter den Steinen. Ein verletztes Elala kann sich an die Erdoberfläche retten, aber da Elalas Dunkelheit gewöhnt sind, zieht sich auch ein krankes Elala meist wieder unter die Erde zurück. Hat es Glück, werden ohnehin andere Elalas ihm zu Hilfe kommen und sein Elala-Ei zu flicken versuchen.

Da die meisten Felsen hügelig und kantig sind, müssen Elalas sehr gewandt und geschmeidig in ihren Bewegungen sein. Sie bohren sich unterirdische Gänge, die zwei bis drei Meter unter der Erdoberfläche liegen, durch harte Steinsubstanz, weil sie etwas ganz Besonderes besitzen, um in Felsengegenden zu Hause zu sein: Schwanzbohrer, die bei Aufregung, wenn Elalas wütend sind oder während sie verliebt sind, so stark ins Zittern geraten, dass sie selbst Steine erschüttern und aushöhlen können. Elalas, die von einem Ort zum anderen wandern und sich neuen Raum schaffen wollen, was nicht so oft passiert, da sie eher sesshaft sind, drücken ihre Schwanzspitze gegen den Boden, holen einmal tief Luft und beginnen zu zittern. So entstehen die unterirdischen Höhlen, in denen sich Familiengruppen von Elalas einrichten.

Im Ruhezustand werden die Schwänze der Elalas schlaff wie kleine Gummischläuche. Sie müssen mehrmals am Tag abgeleckt werden, damit sie nicht rissig werden und zu bluten anfangen. Seinerzeit war übrigens Alon-Elala einer der ersten Elalas seiner Gattung, der immer viel schlief. Dabei lutschte er einmal im dösigen Zustand so hingebungsvoll an seinem Schwanz, dass dieser ganz spitz wurde vor Aufregung. Seitdem ist es der A-Clan, der speziell für die fingernagelgroßen Felslöcher, die Ein- und Ausgänge zuständig ist. Elalas haben eine steife, aber starke Muskelkraft in den Armen und können kleiner, dünner und wieder größer, dicker werden.

Ursprünglich ist Ola-Elala von Amerika nach Europa eingewandert. Ihre Vorfahren waren ein Jahrhundert davor von Europa nach Amerika gekommen, aber sie sehnte sich wieder auf den alten Kontinent zurück. Sie fuhr mit einem Schiff, was alles andere als einfach für sie war. Es gab merkwürdige Wesen, die sich für sie interessierten. Das Schiff fuhr sie von der amerikanischen Küste bis zur europäischen Küste, wo eine Gruppe von Wissenschaftlern schon auf ihre Ankunft wartete. Riesige Bagger hatten sie vorher mitsamt dem Felsen, in dem sie wohnte, aus dem Boden gehauen und abtransportiert. Lauter Leute, die sich Forscherinnen und Forscher nannten, liefen herum und schrien aufgeregt, aber nicht wegen Ola-Elala. Sie glaubten, der Steinhaufen sei der Überrest eines riesigen und ausgestorbenen Säugetiers namens Eleon.

Ola verhielt sich still, als die Steine, unter denen sie saß, zu wackeln und zu beben begannen. Der Eingang war bald verschüttet, aber sie hatte genug Sauerstoff in ihrem übergroßen Ei-Täschchen getankt, und später auf dem Schiff war das Gebrumm der Motoren so stark, dass es sie fast einschläferte. Sie war jedoch zu aufgeregt, um sich der Müdigkeit zu ergeben. Ihr Schwanz begann langsam zu beben, zu zittern und eine kleine Öffnung durch die Steine zu zimmern. Sie streckte ihr Schnäuzchen durch das entstandene Loch, denn wie fast alle Elalas war sie sehr geruchsempfindlich. Das Loch war noch zu erweitern, aber Ola war hungrig. Das ließ ihren Willen erlahmen, und ihre Müdigkeit nahm zu. So bekamen die Wissenschaftler für kurze Zeit auch die einmalige Chance, eine Elala-Frau kennen zu lernen. Das ausgestorbene Säugetier namens Eleon fanden sie dagegen nie. Und für Ola begann damit eine Überfahrt nach Europa, von der sie später noch ihrer Urenkelin und ihrem Urenkel erzählte, denn sie wäre beinahe dabei ertrunken.

Das Schiff nahm seine Fahrt auf, schwankte hin und her, und Ola rührte sich nicht, aber ein verlockender Duft ließ sie schnuppern. Fast zur gleichen Zeit sah sie sich viel größeren Augen als den ihren gegenüber. Zu den Augen gehörten einige Salatblattsorten, die ihr bald so vorzüglich schmeckten, dass sie das aufgeregte Geflüster um sie herum hinnahm. Abwechselnd sahen die verschiedensten Augenpaare über unterschiedlichsten Nasen durch das Loch, um sie zu begutachten. Die menschlichen Wesen hielten sie für einen außerordentlich seltenen Fund und glaubten sie eingesperrt. Ola kicherte noch immer in ihrem jetzigen Leben bei dem Gedanken an damals. Sie saß in ihrem löchrigen Felsgehäuse wie in einem löchrigen Käse…

Aber es wurde ihr schlecht vom schwankenden Untergrund und vom Schaukeln des Schiffes, und sie bohrte sich hastig durch das Gestein, um nicht in der Enge zu sitzen. Sie hieb und riss mit ihrer Schwanzspitze Zacken in den Felsen, denn ihr Schwanzbohrer zitterte heftig, wenn sie ihn nicht stark an den Widerstand drückte, und sie schaukelte hin und her und hatte Mühe, ihren Stand und den erforderlichen Druck dabei zu halten. Durch die Zickzack- und Auf- und Ab-Bewegungen zerzauste sie sich das Fell. Als sie sich durch die letzte nadelöhrgroße Lücke zwängte, schoss sie aus dem Felsen mit so viel Schwung heraus, dass sie oberhalb des Decks an die Kante der Reling flog und auf der Rumpfplanke ermattet liegen blieb. Auge um Auge mit den Wassermassen tief unter ihr und von ihrem Magengluckern gewarnt, musste sie sich erbrechen. Sie geriet dabei so sehr ins Wanken, dass sie mit dem Schwanzbohrer und ihren Beinen bereits in der Luft über Bord hing. Sie stemmte sich mit den Armen gegen die Schiffswand. Mit einem Ruck flog sie direkt auf die Schnauze, die danach und ein Leben lang etwas angespitzt und wie geplättet aussah. Wund und aufgerieben, schmutzig und verklebt, aber gerettet schlich sie zum Gesteinsbrocken zurück, machte sich dünn, so dünn wie sie konnte und verkroch sich für den Rest der Zeit, die die Überfahrt währte, mit ihrem Käsehappen, den sie im Vorbeigehen des Servicepersonals auf dem Boden aufgeschnappt hatte. Sie blieb nun für andere unsichtbar.

Die Hälfte der Zeit auf dem Schiff hatte sie verschlafen und die andere Hälfte Mühe gehabt, Essensreste zu finden. In die Räume der Passagiere, der Restaurants oder unter Deck traute sie sich nicht. So musste sie immer auf kleine Menschen warten, die Teile ihrer Lieblingskekse zwischen den Liegestühlen verstreuten, diese konnte sie im Dunkeln vernaschen. Als das Schiff endlich nach sieben Tagen und Nächten anlegte, fühlte sich Ola-Elala derart ermattet, dass ihr Schwanzbohrer sich bog und krumm legte, und ihr Körper zitterte bei jeder Bewegung. Daher war sie nicht vorsichtig genug, als der Felsbrocken mit einem Kran von Bord gebracht und auf eine große Plattform gehievt wurde, die an einen Lastwagen gekoppelt war.

Als der Kran das Gestein hochhob und dabei Brocken herausbrachen, flog Ola-Elala in einem uneleganten Bogen auf den Boden und fiel ins Geröll, verfolgt von mehreren irritierten Mienen, gerunzelten Stirnen und erstaunten Ausrufen. Sie fühlte sich von Augenpaaren geradezu umzingelt. Sie setzte ihren Schwanzbohrer ein in größtmöglicher Anstrengung und bretterte so hammerhart in den nächstliegenden Stein hinein, dass sie in Sekundenschnelle in ihm verschwand. Eine der ureigensten Eigenschaften der Elalas war auf sie, Ola-Elala, zurückzuführen: das Kleiner- und Größerwerden, um in den geborstenen Steinhöhlen zu verschwinden und in einem Hohlraum wieder aufzutauchen. Es ist auch Olas Rüsselnäschen zu verdanken gewesen, Höhlen in Steinen mit ihrem feinen Geruchssinn zu erkennen. Zuvor mussten vor ihr lebende Elalas in verschiedenen Brocken und Steinmassen und schattigen Formationen nahe beieinander als Gruppe überleben.

Als Ola in Steinbrocken verschwand, war die Gebirgsschlucht als Fundgrube für Wissenschaftlerinnen und Wissenschaftler nicht mehr einsehbar. Sie hackten suchend herum, ohne sie wieder unter die Lupe nehmen zu können. Ola-Elala erfand sich deswegen selbst neu und dachte für einen Moment an die vielen Trampelbewegungen, die sie früher bei ihrer Mutter und Großmutter wahrgenommen hatte, wenn diese neue Elalas im Bauch trugen. Sie turnte, wackelte und ruckelte so lange im Stein herum, bis ihr von den vielen Drehungen mulmig wurde, da sich der Stein zu bewegen begann. Langsam und allmählich, wie unbeabsichtigt, jedenfalls unauffällig, geriet er ins Rollen und verschwand in einem angrenzenden Buschgehölz. Und sie mit ihm.

2. Ari - Elala

Ari-Elala hatte sich irgendwann einmal auf den Weg gemacht und war lange gewandert. Er wusste nicht, woher er gekommen war, wie er gezeugt wurde und wer ihn geboren hatte. Er war eigen, und ihm war eigentümlich zumute, wenn er an sich selbst dachte. Aber er hatte drei ausgezeichnete Fähigkeiten: er war fähig, Einsamkeit zu ertragen, er war nicht bereit, ohne Liebe zu leben, und er hatte ein Gefühl für eine Gemeinschaft. Für all dies hätte er einst fast einmal sein Ei, also seine Existenz, geopfert. Wäre nicht der Boden selbst ihm unter den Füßen durch einen Spalt in der Erde so nahe gekommen, dass er, um nicht ganz darin zu verschwinden, sich wieder nach oben hindurchbohren musste, um sich in ein neues Licht zu setzen. Das Licht empfing ihn so grell, dass er, geblendet von der Helligkeit, im Unterholz ausharrte, ohne die Dinge, die kamen, begreifen zu wollen. Sein Schwanzbohrer vibrierte unermüdlich und hatte einen Stein nach dem anderen in einem Steinhaufen zerlegt, der in einem Turm hoch über ihm und um ihn herum anwuchs, neben dem und in dem er abwechselnd etwas ratlos hockte.

In den Steinen war es eng und ungemütlich, seine Größe machte ihn schwerfällig für das Durchbohren. Ola-Elala hatte er im Glanz ihrer Zartheit gesehen und nicht vergessen können. Deswegen schien es ihm möglich, weiter zu bohren. Sie ahnte aber nichts davon, dass er sie gesehen hatte. Sie wusste auch nicht, dass die Felswände bilderreich zu glühen begannen in ihrer Gegenwart. Dass dann etwas in ihm angefangen hatte zu ruckeln, zu zucken, um nicht bersten zu müssen vor Erregung und Sehnsucht. Aber genug der Erinnerung. Jetzt hatte er ein wirkliches Problem bekommen. Ein Stein war auf sein Ei geflogen und hatte einen Riss verursacht, dieser ließ Flüssigkeit austreten. Das hieß nun sitzenbleiben um des Überlebens willen und war gar nicht gemütlich. Sein Schwanzbohrer blieb steif, hart und regungslos, so, wie er eingeklemmt war. Er musste es ihm gleichtun und auch regungslos sein.

Die Felssteine funkelten ihn in allen Schattierungen und mehrfachen Strahlen an. Eine glatte Fassade eines besonders großen Blocks zeigte ihm wunderbare und doch traurige Fratzen eines männlich und eines weiblich aussehenden Wesens mit Vögeln in den Augen, Knochen an den Armen und Ketten über den Köpfen, die zu mehreren Frauengesichtern und Brüsten schräg nach unten, fast bis zur Erde führten. Das verwirrte ihn, viele Menschen hatte er nicht zu Gesicht bekommen bisher, waren sie so wie diese Bilder? Es roch auch merkwürdig in dieser Gegend, unbekannte Düfte zogen ihm durch die kleinen Nasenlöcher und stiegen ihm in Bildern zu Kopf. Er sah Vanillezucker vor sich und Sesamkerne und Vogel-AA und ein klein wenig Lavendel und musste schmetternd niesen, sodass die Steine sich lockerten. Aber sein Riss war während dieser Weile des Betrachtens und Wartens schon durch einen Hautschutz geschlossen. Die runden, weichen Brüste am Felsgestein erinnerten ihn an seine Sehnsucht, Ola war so weit entfernt, und er saß hier dumm herum.

Er versuchte nun, zappelig wie er war, trotz seiner Größe und seines für Elalas großen Gewichts, nicht nur still zu sitzen, sondern auch vorsichtig mit den Händen einige Steine abzubauen und die Luft, die sich wieder in seinem Ei sammelte, nicht zu stören, denn sein Elala-Ei brauchte Ruhe. Es musste ein Mischmasch aus innerem Körpergewebe und äußeren Luftteilchen vermengen, das kostete viel Kraft.

Endlich hatte Ari es geschafft. Es gab ein Loch, eher eine Ritze, aber das würde reichen. Es duftete nun immer stärker nach dem, woraus seine Sehnsucht bestand. Als seine Wunde ausgeheilt war – er hatte sie noch mehrmals abgeleckt mit seiner heilsamen Spucke – machte er sich so dünn wie möglich, indem er hechelte. Sein Schwanzbohrer begann zu zittern, und schon hob er ab und flutschte durch die Ritze wie ein glitschiger, lautlos zappelnder Fisch.

Die Steine wackelten heftig. Um sich blickend sah Ari, wie sie sich auftürmten und wackelten und hüpften und ihm grollten, als wären sie böse, dass er sie verlassen hatte. Aber das war sicherlich nur eine Einbildung, und er war froh fortzukommen. In dem Talkessel vor ihm sah er dann Ola, sie war umringt von Menschen, verloren und gefangen. Würde nicht gleich etwas passieren? Das Schiff, der Hafen, der Kran, lauter Fahrzeuge, man würde Ola einsperren, bestaunen, begutachten, auseinander nehmen, das war klar. Er konnte nichts tun, seit er sie gesehen hatte, wie beim ersten Mal schon. Sie hatte über Land gesetzt, sie musste diese Menschen besser kennen als er. Er sah von weitem zu, wie sie Netze heranschleppten und Ola im Kreis lief. Und dann hob der Wind an und flüsterte ihm zu, wie wuchtig die Steine gewesen waren, aus denen er gekommen war. Wuchtig wie er selbst.

Die Wuchtigs bewegten sich, auch da hatte er keine Macht über sie. Ari-Elala hüpfte zurück und machte sich mit aller Kraft dünn, um wieder ins Steingehäuse zurück zu kommen. Von dort ächzte es, und er stemmte sich von innen gegen das Gestein und setzte, so gut er konnte, mit Nachdruck, seinen Schwanzbohrer ein.

Endlich wackelte es, rumpelte wieder und die Wuchtigs schrien auf, kullerten ins Tal und beugten sich seinem Druck, schlugen und rollten in den Talkessel, den Hang hinunter. Sie waren wuchtig, und die Menschenmenge spritzte auseinander. Das war die Gelegenheit, Ola-Elala für sich zu gewinnen. Aber sie saß da wie erstarrt, und das Netz war schon über sie geworfen worden.

Ari bohrte sich mit aller Kraft in einen Stein, machte sich dünn, verschwand in ihm und kullerte so auf Ola zu, um kurz vor ihr, sich kraftvoll aufblähend, die Steine zu sprengen, sodass sie in kleine Stücke zerfielen. Er riss mit einer Stein-

kante ihr Netz auf, und dann verschwanden sie im Geröll, keuchend, von den Wuchtigs begraben. Die Wuchtigs rüttelten an ihnen und zerzausten ihr Fell und schüttelten sich über ihnen aus, das Geröll bröckelte nur so auf sie herab. Alle Töne, die die Steine bei der Bewegung von sich gaben, schienen noch zusätzlich auf sie herabzufallen.

Die nebeligen, rieselnden Staubwolken hingen ihnen in den Ohren und in der Nase und schmerzten in ihren Augen. Einzelne Steine wackelten aufgeregt hin und her, andere krachten laut an sie heran und ratschten hin und her, als würden sich tausende Münder und kleine Schluchten zwischen ihren Kanten bilden und Zacken wie Zähne zubeißen wollen. Ari hatte nicht nur Furcht um die körpereigenen Eier, die sie zum Überleben oben an der Luft brauchten, sondern auch um ihrer beider Körper, sodass ihm nichts Besseres einfiel, als Ola fest an sich zu pressen. Er hörte, wie sie ihm zuflüsterte, er solle seinen Bohrer anstellen. Und er hob seine Stimme und redete auf sich ein. Sie stellten nun beide wie auf Kommando ihre Bohrer an und ratterten ins Geröll wie ein Gegengewitter.

Mit aller Kraft bohrten sie Ausgänge und Löcher in die Steine, lärmten, auch wenn sie nicht wieder zur Menschenbegegnung zurück wollten. Ihre Bohrer schlugen durch die Steinwände der Felsen und machten solch einen Lärm, dass der der Wuchtigs übertönt wurde. Allmählich hörten sie nur noch ihre eigenen Bohrer, die Steine schwiegen. Ihre glatten Felswände traten allmählich vor ihnen zurück und schimmerten feucht – der Staub setzte sich. Ari hielt Ola an sich gedrückt und sah sie an. Hier wurden sie Frau und Mann, Mann und Frau, gesegnet mit vielen Kindern. Und Ari begann noch einmal zu wachsen, über sich hinaus mit aller Kraft, denn wenn es still wurde um seine Frau, die ein Kind in sich trug, hatte er jede Menge mit den Wuchtigs zu tun. Er musste sie herbeischaffen und auswählen nach gutmütiger Art, damit sie sie ohne großes Rumpeln, Quetschen und Stoßen beherbergten. Das war gar nicht einfach, denn er schoss so kräftig in die Höhe, dass er an manchen Tagen fast doppelt so groß wie Ola wirkte, als wolle er es tatsächlich mit der Wucht der Wuchtigs aufnehmen. Allerdings konnte er - zumindest zeitweilig – auch wieder zurückschrumpfen, besonders wenn ein Baby zu behüten war. Und diese geschmeidige Art machte er sich auch zu eigen, wenn er Olas Nähe suchte und seinen Schwanzbohrer wie einen Taktstock melodisch hin und her bewegte, um sie zu verlocken.

3. Die Elala-Kinder und ihre Geschwister

Eli-Elala versuchte unentwegt, seinen Schwanzbohrer in ein Nasenloch zu schieben, um sich so mit Vergnügen in der Nase zu bohren, aber vergeblich. Es reichte nicht, er konnte den Schwanz nicht genug biegen und kitzelte sich bloß so, dass er mehrmals niesen musste. „Du kannst es nicht, Du kannst es nicht!", rief Rali begeistert und haute ihm mit einem ihrer frischen großen roten Ahornblätter so sehr auf die Backe, dass es klatschte. Sie war von Natur aus Sammlerin und er lieber Stubenhocker, das wusste sie doch. Aber nein. „Wickel Dir doch lieber das blöde Blattwerk um Deinen Kopf, damit Du weniger auffällst, wenn wir auf Nahrungssuche gehen!" Das musste ja jetzt kommen. Sie wusste es immer besser, seine Schwester. Sie hatte außerdem die schönste Schnauze und den schönsten Elalapelz. Das war gemein. Und was hatte er?

Er hatte einen Pelz, der an ein Schaf erinnerte. Dazu noch zwei verschiedene Schwestern. Sie waren oft garstig zu ihm, aber er mochte sie besonders. Und er hatte eine dunkle Höhle gefunden mit einem Schatz - nicht das Übliche, was man für einen Schatz hielt, Gold oder Perlen oder wunderbare Elalafrüchte. Nein, es war eine zarte Xenia-Elala, eine besonders schöne Elala, mit einer der seltenen Centauras an ihrer Seite, einem Elala-Mischwesen mit Hufen, die sie beschützte oder sie verbarg, das wusste er nicht so genau. Er hatte diese beiden nur zufällig entdeckt.

Ab und an machte er einen Abstecher dorthin, hielt sich eine Weile zwischen den Steinen auf und lugte in die Höhle hinein. Oder er sah dem Schnauben und Sich-Putzen der Centaura zu. Die anderen wussten nichts davon. Er war sich oft selbst genug, aber sein Haarkleid, sein Fell, war so weich wie einladend. Daher ließ er sich, zwar nicht von allen, doch ab und zu gern streicheln, wenn sich eine Gelegenheit bot, ohne dafür einen Knuff zu bekommen. Er hatte ja auch einen hilfsbereiten Bohrer. Er sprang oft an, wenn er für andere da sein konnte. Seit Eli denken konnte, hatte er trotzdem mit Juli-Elala, seinem Bruder, ein Kämpfchen ausgefochten. Sein Bruder Juli hatte, im Gegensatz zu ihm, ein strubbeliges Fell, so, als würde er von jemand ständig gerubbelt, oder es waren seine Naturwirbel, die ihn ein bisschen wild aussehen ließen.

Und es gab außerdem jemanden, den er beschützen musste. Der kleine Foli hatte Wachstumsstörungen. Er war ihnen in die Familie als entfernter Cousin zugelaufen wie ein kleiner Hund. Eli hatte ihn lieb und seine Schwester Rali hatte ihn früh Huckepack getragen, dabei hatte der kleine Kerl seine Ärmchen um sie geschwungen. Dann hatte sie getanzt und sich mit ihm im Kreis bewegt, bis Foli auf die Erde gesetzt werden wollte mit schwindelerregendem Brummen im Kopf. Eli sah, dass Foli nun hinter seiner Schwester Rali langsam über die Hügel kletterte. Er bewunderte sie für ihr Talent zu zaubern. Sie war so kräftig und fein und leuchtete sanft und voll, und manchmal strahlte sie ihn auch an. Eli verglich sich kurz aus den Augenwinkeln mit Foli und kam erleichtert zum Schluss, dass er trotz seiner Angewohnheit, die Augen zusammenzukneifen, mit der Tapsigkeit von Foli wenig gemein hatte.

Und er hatte ihm etwas zu bieten, nicht nur seine Schwester. Er war für Überraschungen gut. Er hob eine kleine Tannennadel vom Boden auf und begann seine Schwester zu kitzeln, die sich sträubte, kicherte und auflachte, und dabei schrie sie: „Eli, hör auf". Aber ihr offenes Schnäuzchen war so lustig, dass Foli schon von weitem begeistert mit den Ärmchen fuchtelte. Rali schrie jetzt lachend, japsend und in hohen Tönen prustend und fing an ihn zu treten. Mit Folis Näherkommen tauchten am Hügel noch mehr Augenpaare auf. „Siehst Du", rief seine Schwester, „Du weckst alle auf, gleich kriegen wir geschimpft und dann sagst Du wieder: "Ich war´s nicht"."

Mit Woli war das auch so eine Geschichte, dachte Eli. "Was ist mit Woli los?" fragte er schnell, bevor die anderen herankamen. "Woli sieht begeistert zu, wie Shani als Baby wächst und will auch Papa werden. Deswegen wächst er schneller als gewöhnlich und bekommt etwas zu lange Beine, über die er stolpert. Er versucht zu laufen, möchte nämlich noch schneller werden, um sich bald eine Frau zu angeln. Dann purzeln die Shanis nur so von der Berghöhle, denkt er. Aber das wird nicht klappen, denn er muss erst lernen, auf sein Ei aufzupassen", belehrte ihn seine Schwester.

Woli sieht also Shani begeistert beim Wachsen zu, dachte Eli. Shani ist im Stein geborgen, und Ola und Ari wechseln sich oft ab mit dem Wärmen, das wusste er. Shani war zwar ein Nachzögling, er ist schon der achte, dachte er, aber er wird andauernd und begierig erwartet von Woli wie ein Wonneproppen. Woli sieht also zu beim Wachsen, dachte Eli wieder. Und er glaubte zu wissen, dass er meistens nichts erkennen konnte dabei und sich langweilen musste. Das gab Woli natürlich nicht zu. Aber er würde ein guter Läufer werden, das stand fest.

Es juckte ihn in der Nase, während Eli das dachte, und damit entglitten ihm seine Gedanken.

Woli sah etwas verwirrt von seinem Stein auf, denn Mirli hatte begeistert die Gruppe und das Gekreische der Elalas entdeckt. Jetzt will sie hören und sehen, was da los ist, vermutete er. Mirli war meistens die Vernünftigste und Klügste von allen und deswegen ist sie, wenn die Eltern nicht da sind, ein Ersatz, um Shani zu schützen. Sie passt auf, dass die Felsen nicht wackeln bei Sturm und Wind und dass niemand zu nahe kommt, um zu stören. Wenn Gefahr droht, macht sie sich dünn und verschwindet selbst im Stein. Sie umschließt dann Shani wie eine zweite Haut. Woli hatte das selbst erlebt. Schlamassel-Eli dagegen passte nicht durch alle Steine; Juli und Mirli schieben und schubsen ihn manchmal durch, dann zittert sein Schwanzbohrer, und er wackelt mit seinem fleischigen Hinterteil, bis er sich verdünnisiert hat. Schwupp. Aber heute glänzen seine schlimasselig-goldigen Augen. Es würde ein Spektakel geben. Er fühlte so etwas im voraus.

Schlamassel hatte sich, breitschultrig und schwer den Raum umfassend, aufgebaut und Eli zu sich herangezogen. Dann kletterte Juli auf die Schultern von beiden, indem er sich mit seinen Fäusten auf ihre linke und rechte Schulter stützte. Er hob Rali, die an ihm hochgeklettert war, hoch, und sie stellten sich nebeneinander mit geöffneten Beinen zu einer Pyramide auf. Am Schluss sprang Mirli quicklebendig, nachdem sie behende über alle drüber gestiegen war, auf die Spitze der Pyramide. Sie strahlte vergnügt. Foli und Woli sahen zu ihr hinauf. Der schöne Augenblick war kurz. Ralis Fell sträubte sich. Sie wirkte beunruhigt, und ihre Augen schienen etwas Schreckliches zu sehen. Außerdem flatterte ihr Körper hin und her. Sie lief Gefahr, die Pyramide zum Einbrechen zu bringen, eine Gefahr für die Elala-Eier und ihre Luftzufuhr. Ein Sprung konnte tödlich enden. Was wäre, wenn ein Elala-Ei nicht binnen kurzer Zeit repariert werden konnte? Dann musste das Elala sterben, wurde in wenigen Minuten dünner und dünner, und am Ende blieb nur das Schnäuzchen übrig, der lange Schwanz und etwas, das aussah wie ein lebloses Hautläppchen.

Wieder sahen Foli und Woli zu ihr hinauf. Mirli sah zu Rali hinunter und beobachtete sie. Sie schwankte etwas und schien sich wie Bambusgras zu Rali zu biegen. Foli und Woli starrten weiterhin verwundert hinauf, bis sie begriffen, dass sie auf und ab und hin und her schwankte. Sie sah mit geweiteten Augen, in denen der Schreck stand, in die Ferne. Foli und Woli folgten ihrem Blick und sie wurden zugleich starr und unruhig und wichen zurück. Ihre Schwanzbohrer fingen an zu zittern. Und nun sahen sie die ganze Pyramide in Gefahr, das heilige

Leuchten von Rali und die seelenvolle Süße von Mirli wie einen Tempel einstürzen. Der Wind zog sein bunt verwobenes Haarkleid auf, und im Labyrinth seiner Lüfte nahte ein durchsichtig wirkendes Gespinst mit unzähligen Fäden in schillernden, flirrenden Farben heran. Es war gefährlich, denn niemand wusste, wohin dieses sagenumwobene Gespenst gehörte, woher es kam. Auch nicht, ob es sich von den Lebewesen, die es erhaschte, ernährte, ob es sie einwickelte und mitnehmen konnte, oder wohin es sie sonst brachte. Aber die, die es fing, waren und bleiben für immer verschwunden. Sie nannten es Wurmelitz.

Das Wurmelitz flog weit wabernd und strahlend, in Schwingungen mit Leuchtkraft, auf den Elalaturm zu. Neben der zitternden Mirli reagierte Juli als erster mit ernster und erschrockener Miene und sich kräuselndem Fell, und ruckartig stellte er sich in den Wind, schob sich vor Rali mit ausgebreiteten Armen. Das Wurmelitz wölbte sich vor und umschlang ihn mit vielen unsichtbaren und sichtbaren Luft-Fäden, die wie leuchtende Punkte um die Turm-Pyramide kreisten. Und trug ihn losreißend fort. Und alle, auch die Gesichter von Rali und Mirli, erstarrten und wirkten wie gefroren vor Schreck. Mirli begann zu weinen, und Rali rief und rief schrill: nein, nicht Juli. Bitte Nicht Er. Sie sah sich um, und das

Wunder passierte nicht. Juli wurde fortgerissen vom Wind. Der Turm fiel in sich zusammen, und die Elalas fielen und kullerten übereinander. Woli und Foli starrten betrübt auf dieses Schauspiel. Foli greinte, Woli sah bleich und grimmig aus. Er bohrte seinen Schwanzbohrer so tief in die Erde, dass ein ohrenbetäubender Krach zu hören war - wie aus einem Bergwerk.

In diesem Krach donnerte Elala-Centaurus heran, als ebenso bunte Gestalt wie das Wurmelitz. Er galoppierte in einer scharfen Kurve, hoch springend, an die letzten Fasern-Enden des Wurmelitzes heran, riss an seinen Enden mit wild schüttelndem Kopf mit seinem Gebiss und zerzauste das lichte grausame Gespinst des Wurmelitz, indem es ihm Juli entriss. Und kurz sah es so aus, als öffnete das Wurmelitz sein grau-weißes Schliergesicht und zeigte seinen rot geöffneten Mund. Dann flog es in Schwaden – erst auf gleicher Höhe mit dem davon galoppierenden Centaurus, der das Elala-Kind fest an sich drückte, in einem Wettstreit immer weiter in die Lüfte steigend, auf und davon. Rali sah ihnen bekümmert nach und stimmte dann ein Lied für alle an. Woli und Eli nahmen Foli in ihre Mitte. Mirli reckte ihren Schwanz mit Wucht in die Luft. Sie lief allen voran auf die Wuchtigs zu, denn sie hatten keinen Sauerstoff mehr und mussten verschwinden. Rali und Eli summten trotzdem nach Kräften, um die Angst zu vertreiben. Foli summte mit ihrem hohen Stimmchen mit. Sie würden auf die Eltern Ola und Ari warten müssen, um mehr zu erfahren von dem, was hier vor sich ging. Sie mussten eine lange Zeit warten, unsicher, wie und wann und in welchem Zustand die Centauras ihren Bruder wieder brachten.

4. Elala - Centaura

Elala-Centaura wohnte in einer riesigen, tunnelförmigen Höhle. Centaura war eine Mischung aus einem Elala und einem Huftier, dessen Kopf und Körper aus einem bunten Pferdeleib herauswuchs. Es gab in ihrer Art, einer Verschmelzung von Elala - und Centauerwesen, nur ganz wenige Exemplare, und es war fast zu spät gewesen für eine Paarung in ihrem Leben mit Centaurus. Aber nun war sie schwanger, und ihr trächtiger Körper machte sie etwas müde. Ihr punktiertes Fell wurde aber jeden Tag weicher. Sie griff sich in die Flanke und erhob sich, denn sie hörte Geräusche von draußen. Centaurus hatte eine raue und freche und laute Seite, man hörte ihn meist schon von weitem, und er konnte bösartig austeilen. Eine harte Art hatte er sich früh zulegen müssen, denn man hatte ihn in einer Baracke groß werden lassen, warum und wieso, dazu schwieg er sich aus, schnaubte und scharrte mit den Hufen. Es hatte ihn schnell und muskulös werden lassen, und mit robusten Sprüngen jagte er über und zwischen Hügeln und Steinen mit seinem leuchtenden Haarkleid hindurch. Jetzt würde er bald Vater werden, und das hatte ihn auch dazu gebracht, dieses verrückte, junge Elalakind zu retten vor dem geheimnisvollen Wirbelwind, der ihm nichts anhaben konnte. Er war zu schwer, um davon getragen zu werden, obwohl er wusste, dass es nicht leicht war, gegen den Wind zu galoppieren. Aber diese Kunst beherrschte Centaura, was an ihrer leichten Gangart lag, die ihn auch so sehr bezaubert hatte.

Das kleine Elala lag still an seiner Brust und sah bleich-grün im Gesichtchen aus. Es streckte sein dickes Näschen unter seine haarige Schulter und rieb seine Ohren an seinem Fellansatz. Elala-Centauer ließ sich nicht anmerken, wie ihn das rührte. Er scharrte mit den Hufen und tänzelte, vor der Höhle angekommen, auf und ab. Dann stupste er das Elala Richtung Boden, sodass es von seinem Brustkorb rutschte, und – von seinen Armen gehalten – glitt es auf den Boden. Aber das war ein Fehler. Es war noch zu schwach und schwankte auf seinen Beinchen. Centaurus packte fest zu und hob und schob es in die Höhle. Er roch die Muttermilch, die Elala-Centaura schon ab und an vergoss. Das Kind machte aber überhaupt keine Anstalten sich zu bewegen. Elala-Centaura stieß es immer wieder mit ihrer Nase an und beugte den Kopf zu ihm hinunter. Und dann schrie es auf einmal, rief nach seinen Geschwistern und nach seinen Eltern. Den Kopf warf das junge Elala hin und her dabei. Und dann schüttelte etwas den kleinen Körper durcheinander, zugleich zuckten seine Muskeln heftig, seine Glieder waren gestreckt. Es rappelte sich auf und war so erregt dabei, dass es in einen Zustand von elektrisierter Stimmung geriet. Mit glänzenden und doch verschleierten Augen sah es zu Centaura und Centaurus hinauf, mit feuchten Augen sahen sie auf es hinunter.

Das Elala-Kerlchen schien immer kleiner zu werden, und sein Atem ging flacher. Es wurde hellgrün vor Schmerz und zeigte verzweifelt und angestrengt auf sein schrumpfendes Ei und seinen langsam dahin welkenden Schwanzbohrer. Centaura stutzte, dann begriff sie seine Atemnot, und Centaurus packte es erneut und galoppierte mit ihm davon. Centaura hatte ihm gerade noch rechtzeitig mit ihren Nüstern einen warmen Hauch ihres Atems in den offenen Mund geblasen, damit der kleine, immer schlaffer werdende Körper nicht aufgab.

Centaurus galoppierte wie der Wind davon und machte erst Halt vor den Steinhöhlen der Elalas. Er wusste, sie würden sich nicht zeigen, solange er blieb, und so legte er vorsichtig das Elalakind ab. Er scharrte mit den Hufen im Geröll, um Aufmerksamkeit zu erregen. Dann kehrte er um. Seine Vaterschaft würde bald beginnen.

Juli-Elala hatte sich erholt, nachdem sein Elala-Ei langsam zu heilen begann. Er hatte etwas von Centaura mitgenommen, es war ein Fellteil aus ihrer Mähne, geflochtenes Haar, das um sein Ei geklebt war. Aus irgend einem Grund ließ es sich nicht mehr von der Außenschicht lösen, und sein Ei und damit auch seine Sauerstoffuhr waren weniger gefährdet als früher, die Luft war weniger schnell aufgebraucht als üblich. So hatte seine Anziehungskraft für das Gefährliche im Leben, wie zum Beispiel ein Wurmelitz, eine Art Elefantenhaut bekommen, mit der er von nun an länger am Licht teilnehmen konnte. Länger in der Dämmerung den Wächter vor den Höhlen der Elalas spielte. Und das tat er besonders gern für Shani. Er bewachte sein Wachstum und saß stundenlang vor den Steinen, um sie zu wärmen. Shani würde im Umkreis dieser Wärme aufwachsen und dadurch ein besonderes Fell bekommen. Für Juli war klar, dass das Baby von Centaura, mit seinen Bewegungen in ihrem Bauch, ihm so viel Lebensgeist zurückgegeben hatte in der Höhle, dass er jetzt gegen Wurmelitz' Energie viel besser gewappnet war. Und das wollte er weitergeben. Wenn nur Woli, der nervös um ihn herumlief, ihn endlich mal ein bisschen mehr in Ruhe ließe und hoffentlich bald eine Frau gefunden hatte…

Als Centaura ihr Kind geboren hatte, zog Juli, der ein leichtes Schwanken beim Gehen nie ganz vermeiden konnte, mit all seinen Geschwistern in die Nähe ihrer Höhle. Die Elalakinder ließen lauter kleine bunte Steine aus der Ferne bis vor die Höhle kullern, um ihre Freude zu zeigen. Und einmal zeigte sich wiehernd Centaura. Sie hatte prächtiges Kopfhaar und fein gespitzte Ohren. In der Sonne funkelte ihr sonst dunkel wirkender Mähnenkamm wie ein Lichtgruß zu ihnen hinüber.

5. Die Mäanderlinge und das Wurmelitz

Die Mäanderlinge aßen immer gern etwas vom buntfädrigen Wurmelitz, da sie für ihre schleimige Kriechart etwas Gleitendes und Glitzerndes brauchten. Sie bewegten sich langsam und unmerklich voran, als wollten sie unsichtbar bleiben, was ihnen schlecht gelang, denn ihre rosa angehauchte, bis ins Lila gehende Farbe hob sie zwar nicht so flirrend wie das Wurmelitz vom übrigen Licht ab, aber sehr von den Grün-, Ocker-, Grau- und Brauntönen der Umgebung. Ihre Farben, die sie im gummiartigen, qualligen und weichen Fleisch ihres Körpers abspeicherten, wurden immer intensiver nach jedem Fang einer Wurmelitzliane. Ihre Quaddelfüße watschelten und hafteten froschartig auf dem Boden, und quietschend, schlürfend und schmatzend bewegte sich ihr Körper mit ihnen über dem Boden. So war es für das Wurmelitz leicht, vor ihnen zu flüchten und unter ihnen fortzufliegen, bevor sie es erreichen konnten.

Die Anzahl der Mäanderlinge war klein. Aber es gelang ihnen dennoch ihre Nahrungskette, Fusseln, Fäden und Grünzeugabfall, zu finden und damit ihre Art zu erhalten. Ihre klebrige Außenhaut wirkte so klebrig wie Uhu oder Pattex, wenn sie nur nahe genug an ein ruhendes Wurmelitz herankamen. Wenn sie allerdings wochenlang leer ausgingen, rupften sie einzelnen jungen Elalas etwas Fell aus dem Rücken oder Popo, möglichst schnell und heimlich. Deren Fell war zwar oft so kraus, dass man lange darauf herumkaute, aber es war mehr als nichts. Auch das Elala-Ei galt unter ihnen als eine kostbare Delikatesse, da es sich mit pelziger Haut schlürfen und kauen ließ. Aber ein Elalakind zu töten war fast ebenso aussichtslos, wie auf einen Baum zu steigen für sie. Mäanderlinge brauchten nämlich Wasser und feuchte Oberflächen, um ihre Schleimhäute zu erhalten und nicht zu verdorren. Die spitzen und schroffen Steinhaufen und das Geröll der Elalas waren ihnen ein Gräuel. Außerdem konnten sie mit den restlichen toten Elalakörpern nichts anfangen, sie konnten das Hautkleid nicht aufbeißen, aufkratzen oder aufreißen. Einmal hatten sie ein sonnenverbranntes, embryokleines Elalakind gefunden. Bei einem toten Elala war das Ei schnell ausgedörrt und die Schwanzspitze mürbe.

Daher warteten sie in Gruppen und blieben meist unter sich. Wenn das Wurmelitz sich in die Lüfte erhoben hatte und unerreichbar für sie blieb, erspähten sie am Ufer eines Sees oder eines Meeresarms Eleons, um ihnen einzelne Pfauenfedern ausreißen zu können. Wenn ein Eleon-Exemplar auftauchte, umschlossen sie es im Kreis und legten die Füße und Körper auf seinen Schwanz, den es losreißen musste, um ins Wasser zu entkommen, daher blieb fast immer eine Feder auf der Strecke an ihnen kleben, über die sie sich dann hermachten.

Die Mäanderlinge waren missmutige und schweigsame Geschöpfe, aber je kleiner und jünger sie waren, desto weicher war ihre Körpermasse, und umso größer war ihre Neugierde, auf andere Lebewesen zu stoßen. Sie waren etwas neidisch auf die Elala-Familientruppe, denn sie wären gern aus den matschigen Gefilden, in denen sie nah beim Wasser lebten, entkommen. Ihr Schneckentempo war auch nicht so aufregend wie das Herumgeflitze des Wurmelitz, sie blieben immer der Erde verhaftet. Das machte sie unzufrieden. Die alten Mäanderlinge legten sich zum Sterben gern auf die Wuchtigs und breiteten sich aus, sodass sie mit ihrer sich auflösenden, glibberigen Masse in den Ritzen verschwanden oder bei starker Sonne einfach auf den Felsrücken vertrockneten. Es legte sich dann eine schlierige Haut schimmernd über die Steine und verblasste allmählich, sodass die Steine einen leicht rötlichen oder lila Schimmer annahmen, den mit der Zeit der Regen abwusch. Da sie wegen ihrer langsamen, gemächlichen Art allerdings uralt wurden und nur wenige in ihrer Art waren, passierte es nicht oft.

Das kleinste der Mäanderlinge war watscheliger als die anderen. Es stolperte etwas unbeholfen zwischen den größeren herum, sie nahmen es oft in ihre Mitte. Es war blind. Deshalb lief es im Schutz seiner Artgenossen, sofern sie es zuließen. Oder es wanderte dicht an Steinhängen, Wäldern und Mauern oder Hügeln vorbei oder hielt sich im am Rande des Wassers gelegenen Schilf auf. Von sehr weiter Ferne kamen auch mal Häuserfassaden von Menschen in Sicht, aber es watschelte nie weit weg von der vertrauten Umgebung, daher kam es nicht in Gefahr, in Menschennähe zu geraten. Die unwegsame Gegend wurde so gut wie nie von ihnen aufgesucht.

Da das kleine Mäanderling nichts sehen konnte, war es zwar nicht hilflos, es kannte nichts anderes als Dunkelheit. Aber es fühlte sich trotz der anderen Mäanderlinge einsam, denn es spürte sie nur, ohne sie zu sehen und bekam nur die Reste des Essens ab, da es immer das Letzte war beim Fangen, Finden und Entdecken von Nahrung. Es lief auch immer wieder desorientiert an anderen Mäanderlingen vorbei oder stieß unvermittelt an sie. Ärgerlich und wütend auf sich selbst, blieb es dann erst mal eine Weile auf dem Boden sitzen. Bei einer dieser Situationen kam es den Elalas sehr nahe, denn Rali, Juli, Eli, Schlamassel und

Wusel mit Foli kugelten gerade den Berg hinunter und flogen halb, halb rutschten sie dabei scharf an ihm vorbei. Das kleine Mäanderling roch sie stark, und es erkannte sie an ihrem Fellgeruch, ihrer pulsierenden Wärme. Es fühlte sich sehr wohl und geborgen und lauschte ihren gurgeligen und gurrenden Tönen nach. Es wünschte sich, auch ein Elalakind zu sein. Besonders gut gefiel ihm, dass alle Elalas unterschiedlich zu sein schienen und trotzdem das gleiche Temperament hatten.

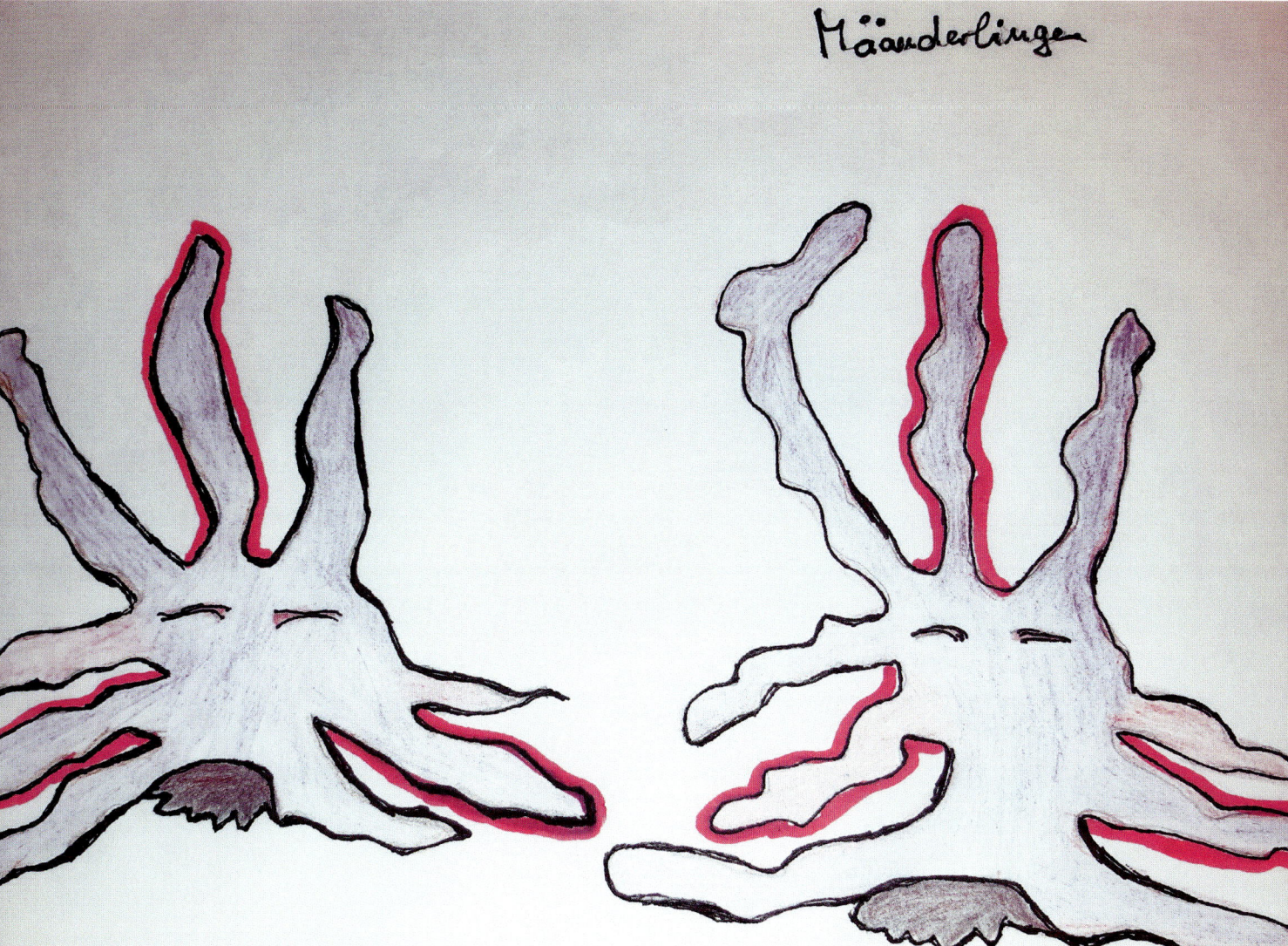

In diesem Moment aber passierte etwas Ungeheuerliches. Das Wurmelitz kam angeflogen und war direkt über ihm, es spürte die wirbelnde Luft um sich und ein leichtes, surrendes Geräusch. Das kleine Mäanderling war in großer Gefahr und hatte ebenso große Angst. Es pfropfte sich, so gut es ging, mit seinen Füßen auf den Boden, aber im Gewusel und Gewirr gefangen, würde es schnell an Kraft verlieren und mitgerissen. Dann würde es davongetragen und - verloren in den

Fängen des Wurmelitz - sein Leben verlieren. Denn es war, das hatte das kleine Mäanderling die anderen flüstern gehört, noch nie jemand zurückgekehrt, der in den Wirrfäden des Wurmelitz gefangen worden war.

Es wabbelte hin und her und presste seine quaddeligen Füße an den Boden, wimmerte kläglich und laut. So laut, dass es nichts anderes mehr hören konnte – nur das Sirren über ihm nahm es noch wahr. Und dann schloss es die Augen vor Angst und sah noch einmal die von ihm geliebten Elalas vor sich. Es fühlte ihre Körpernähe, eine Haltestation, an der es Schutz gab. Wie war das möglich? Das Mäanderling öffnete ganz vorsichtig ein ganz klein wenig ein Auge und zwar ein bisschen. Ein klitzekleines bisschen. Und es meinte zu träumen, denn vor ihm türmte sich ein Elala auf, es war Rali-Elala, aber das wusste das Mäanderlingkind nicht. Es war, so gut es ging, in sich zusammengekrochen. Dabei wirkte es wie ein zerdetschter Wackelpudding.

Doch die Luft über ihm wurde klarer und freier vom Sirren, das nur vom Knirschen und Knacksen eines Kampfes unterbrochen wurde. Das Elala hatte soeben angefangen, mit dem Wurmelitz zu kämpfen und riss ihm die Fäden an seinem Kopfteil und vom Gesicht heraus. Die Hauptfäden kamen zuerst dran, um dem Mäanderling zu helfen, damit es nicht eingesponnen davongetragen wurde. Nach und nach löste sich das Wurmelitz mit seinem Gespinst auf, und es musste das Mäanderling aus seinem Gefängnis entlassen. Es fiel auseinander, bis alle Fäden bleich auf dem Boden lagen. Als das Elala bereits wunde, blutige Finger hatte, war es besiegt.

Das kleine Mäanderling hüpfte vor Freude und schwabbelte nach allen Richtungen mit seinen vielen schwammigen Ärmchen. Das Elalakind sah es an, griff in die Höhe und nahm von ihm einige hängengebliebene Fäden hinweg. Und dann machte es ihm ein Zeichen, dass es größer werden solle und reckte seinen Schwanzbohrer in die Höhe. Aha, so groß sollte das Mäanderling werden können? Es sah dem Elalakind zu, wie es lächelte, und hörte von weitem seine Mäanderling-Familie mit klatschenden, schmatzenden und schlürfenden Bewegungen geräuschvoll herankommen. Das Elalakind entfernte sich, und bevor das kleine Mäanderling traurig darüber werden konnte, spürte es schon, wie es wachsen würde, zunehmen und, vor lauter Hunger biss es sich in den Fuß. Dann machte es sich auf, bewegte sich vorwärts, um seinen Hunger zu stillen. Es war schon etwa zwei Zentimeter größer als vorher, vor lauter Stolz über die Obhut, in die es gekommen war. Es hatte jetzt einen Wert, ein Mäanderling zu sein. Einen richtigen und tollen und großen Mäanderlingwert.

6. Schlamassel-Eli und Wusel-Eli

Wusel-Eli liebte eigentlich Schlamassel-Eli, und er nahm ihm so viele wie mögliche Tollpatschigkeiten ab. Aber er konnte nicht verhindern, dass der Schlimassel, in dem sie beide immer wieder steckten, nicht nur durch Schlamassels Art ausgelöst wurde, überall daneben zu treten, sondern, dass er ihn dabei unbeabsichtigt auch selbst unterstützte. Denn er, Wusel-Eli, verlor oft seinen Kopf. Und wenn er sich wieder so klar fühlte, dass er wusste, dass zwei und zwei vier war, ging es ihnen beiden auch deshalb oft nicht besser, weil Schlamassel-Eli ihn wieder einmal nicht aus einem Fettnäpfchen geholt hatte. Das Fett war eigentlich nirgendwo zu sehen, aber wohin er auch ging, es war immer so nass, löchrig oder uneben am Boden, dass er nicht in der Lage war, ohne zu stolpern, zu fallen oder zu stoßen, sich fortzubewegen.

Schlamassel hatte immer enorm viel zu tun, denn mit seinen drei Armen fuchtelte er gerne im Gesicht bei anderen herum, oder er ruderte beim Klettern mit den Armen so, dass er das Geröll der Felsbrocken auslöste. Und das gab Ärger bei Mama Ola und Papa Ari. Außerdem wedelte er mit seinem buschigen Schwanz viel Staub auf, und Wusel, der gern in seiner Nähe oder hinter ihm ging, kam ins Husten. Dann wurden seine wirren Gedanken noch etwas unklarer, und er dachte wieder darüber nach, wie lange es dauern konnte, bis zwei und zwei vier waren. Mirli half ihm aus der Patsche, denn manchmal dachte er so lange an die Zusammensetzung der Zahl vier, dass er die Zeit vergaß und auch, dass sein Elala-Ei die Flüssigkeit verlor, sodass er es schwerer hatte zu atmen und sein Kreislauf absackte. Schlamassel fuchtelte nun schon wieder mit seinen Armen wild um ihn herum, aber Mirli biss ihn, den Wusel, ärgerlich in seine rechte Pobacke, sodass der Gedanke an die Zahl vier vom Kopf in den Körper fuhr und sein Po quietschte.

Andererseits hatte Schlamassel-Eli wunderbare drei Arme und einen buschigen Schwanz als einziger seiner Art, der ihnen beiden sogar einmal das Leben gerettet hatte, als Schlamassel ihm in einem Unwetter geholfen hatte, vom Baum zu rutschen. Er selbst war damals noch jünger gewesen. Es hatte einen heftigen Regen mit Gewittergrollen gegeben. Er hatte sich dünn gemacht und war in seiner Verwirrung und Furcht vor dem Grollen und Blitzen des Himmels aus den Steinen gekrochen, von einem Felsen aus über einen starken Ast auf ihn gesprungen. Er hatte sich dann festgehalten und war weitergekrochen zum Stamm, ohne zu bemerken, dass sich die Äste durch den Wind und Regen auch bogen und zwar so, dass er nicht mehr zurück zum Felsen springen konnte. Der Baum kam ihm erst jetzt viel zu hoch vor, und das Herunterspringen war eine große Gefahr für ihn. Er hätte sich nicht nur alle Knochen brechen können, sondern auch sein Elalaei, das wichtige Organ fürs Atmen im Geröll, würde zerplatzen können. Bis er zu Hause war, würde er atemlos geworden sein. Zurückspringen auf den Felsen konnte er auch nicht, dazu hatte er gar nicht die Kraft. Er jaulte vor sich hin und ärgerte sich über seine Wuseligkeit, die ihn so unbedachtsam gemacht hatte.

Dann war, nach einer unendlichen Zeit der schrecklichen Angst, erst etwas undeutlich, dann vertraut, Schlamassel am unteren Ende des Baumes aufgetaucht. Er konnte sich, wenn auch ächzend, mit seinen drei Armen am Baumstamm hochklimmen und hatte zusätzlich seinen Schwanz, um sich anfangs am Boden und später immer wieder an einzelnen Ästen abzustützen. Es dauerte lange, denn er musste mehrere Pausen einlegen. Bei Wusel angekommen, legte er seine Schnauze an die Schnauze seines Bruders. Wusel war so glücklich und erleichtert darüber, dass er fast vom Baum fiel, so zappelig wurde er, aber Schlamassel hielt ihn fest.

Der gemeinsame Abstieg war alles andere als gemütlich für beide. Es war ein Geschubse und Gedränge, und sie tappten und rutschten von einem Schlimassel in den anderen. Mal rutschten sie einige Zentimeter aneinander geklammert, wobei Schlamassel mit seinen starken haarigen Beinen den Baumstamm umklammerte, um sie abzubremsen, mal nahm er Wusel in den Arm oder packte fest zu, dass er nicht seitlich vom Baum fiel. Wusel seinerseits lenkte ihn und steuerte sie beide in die richtige Richtung, wobei sie mehrmals zu fallen drohten. Aber es war so dunkel unten, als würden sie in eine Löwengrube fallen, und es war ihnen nicht danach zumute, die Helden zu spielen. Am Ende purzelten sie aber übereinander und kugelten sich auf dem Boden, der von Ästen und Blättern bedeckt und mit Moos bewachsen, weicher war als erwartet.

Sie torkelten etwas benommen langsam nach Hause. Aber welches war die richtige Richtung? Wusel versuchte sich zu orientieren und schob und schubste Schlamassel zur Abwechslung - mal als der aktivere - etwas unsanft vor sich her. Sie sahen in der Nachtschwärze nicht einmal mehr ihre Schwanzbohrer. Als sie auf einer Anhöhe angelangt waren, kam ein Sturm auf. Er war sehr stark, sodass Wusel wieder in Panik geriet, denn er konnte kaum noch etwas sehen und wurde hin und her geschoben. Schlamassel fühlte sich nicht so in die Lüfte gehoben wie er, er war etwas stärker gebaut und reagierte auf jeden noch so doofen Schlimassel ruhiger als sein Bruder. Vor ihnen tat sich ein Loch auf, eine Art kleiner Krater, und darüber lag ein halbierter morscher Baumstamm, der nicht besonders stabil aussah. Andauernd Baumstämme, ob oben oder unten, dachte Wusel müde. Ich kann nicht mehr. Ich will nicht in die Luft fliegen und nicht in ein Loch springen müssen, krächzte er aufgeregt und schniefte. Wusel sah sich suchend und etwas ratlos nach seinem Bruder um. Schlamassel starrte betrübt auf das gähnende Loch vor ihnen. Er wedelte wild mit seinen drei Armen. Sie schienen alle eine gute Richtung zu suchen. Es war aber keine da, nur diese tiefe unüberwindliche Leere.

Sie mussten auf die andere Seite, links und rechts von ihnen waren die Ränder porös und würden sie einbrechen lassen. Wusel schrie auf, er hatte keine Lust mehr, schrie er laut heraus, immer habe ich Unglück, immer ich! Er starrte auf die merkwürdigen Erdklumpen, die sich wie Katzen vor ihm zu bewegen schienen und zu Raubtieren zu werden drohten. Vor lauter Aufregung schlug er Schlamas-

sels Ärmchen beiseite, drückte sie nach unten und wäre beinahe abgerutscht, hätte Schlamassel ihn nicht eingeklemmt. Das Grollen aus der Ferne nahm zu, und was sie für unerbittlichen Donner hielten, als Vorbote eines wieder nahenden Gewitters, war das Kollern sehr vieler Steine. Die Wuchtigs hatten sich aus einem ihnen beiden unbekannten Grund auf den Weg gemacht und kamen in einer Lawine voller Geröll mit einer dicken Staubwolke seitlich nahe an sie heran und fielen vor ihren tränenden Augen in den Abgrund hinab. Obwohl die Elalas husten mussten, sahen sie zu, wie sich der Krater langsam mit aufgehäuften Steinmassen und Felsen füllte und verharrten regungslos. Getroffen werden wollten sie schließlich nicht. Doch nun wurde das Gerumpel ruhiger. Langsam konnten sie es wagen, über die Steine zu klettern und zögernd zwischen ihnen hindurch zu rutschen, um auf das gegenüber liegende Plateau zu kommen.

Sie verstanden zwar nicht, woher die Steine gekullert kamen, aber später erfuhren sie von Mama-Ola, der Grund dafür sei Rali gewesen, und wie sie das machte, war ihr Geheimnis. Ola machte dabei ein besonderes Gesicht, halb süß, halb sauer. Rali ließ nämlich gerne Steine tanzen und Papa-Ari, das wussten die Jungs, hatte manchmal Angst, sie könne selbst einer werden, so gern kroch sie in ihnen herum. Aber sie bewegte nur die unbewegten Dinge. Und darin lag der Zauber ihrer Schwester. Oft. Und auch heute wieder. Das war doch eigentlich eine tolle Familienangelegenheit. Wusel und Schlamassel sahen sich erschöpft an: so schlecht war ihr Elala-Tag dann doch nicht.

7. Die Wuchtigs

Die Wuchtigs waren lebendige Steine. Sie sagten kein Wort und machten ungern Platz, traten aber manchmal zurück und sprangen ins Wasser. Das konnte man nur sehen, wenn man sie selbst beiseite schob oder so lange ins Wasser starrte, bis sich darin und darüber etwas bewegte. Die Wuchtigs hatten aber etwas anderes als Sprache im Sinn. Sie wollten sich zu großen Steinhaufen zusammenrotten und klumpten gern in Massen, um die Welt ringsum mit ihren scharfen Kanten zu vergessen, zu vermessen und sich Platz zu verschaffen. Ari hatte diesen Kampf gegen die harte massenhafte Versteinerung ohne Luftlöcher immer gewonnen, aber diesmal sah er kein Durchkommen. Seine kleine Tochter Rali hatte sich in den Steinen verkrochen. Und auch wenn jeder Käfig eine Einbildung sein konnte, hatte sie allen Grund dazu, sich zu fürchten.

Die Steine wollten sie nicht mehr hergeben. Sie sahen sie als etwas Eigenes an, weil sie für eine lange Zeit bei ihnen untergekrochen war. Sie hatte die Zeit einfach vergessen beim Schlafen, beim Spielen mit kleinen Steinkügelchen. Außerdem ruckelten die Steine so schön, dass sie sich vorgekommen war wie in einem Schlitten, den sie aus Baumrinden mit ihren Geschwistern früher zusammengebastelt hatte. Sie hatte die Steine eigentlich furchtbar lieb, wie man ein Zuhause lieb hat, und war sich ihrer in Sekundenschnelle ausbrechenden Gefährlichkeit gar nicht bewusst. Ihr Vater wusste es aber besser, denn ein im Stein verharrendes Lebewesen konnte mit der Zeit ein Fossil werden, das eine besondere Musterung abgab, und diese Ablagerungen liebten die eintönigen Steinmassen unter sich als Abwechslung. Und seine Tochter Rali würde einen besonders reizvollen Abdruck unter den Steinen abgeben. Er hatte allerdings, ohne Ola in seiner Aufregung Bescheid zu geben, angefangen, seinen Schwanzbohrer brummen zu lassen. Doch er konnte sich zwar hineinbohren, aber nicht bis in die tiefere Schicht, wo Rali saß. Das, so wusste er aus Erfahrung, würde Tage dauern. Und bis dahin waren sie beide verhungert.

Rali von etwas abzubringen, war nicht leicht. Sie hatte als kleines Elalakind schon voller Vergnügen kleine Steinklümpchen in den Mund genommen, ohne zu bedenken, dass sie trotz Kauens schwer verdaulich waren. Andererseits hatte sie bei ihren berühmten Wutanfällen, wenn sie etwas nicht einsehen konnte oder sehr aufgebracht war, sich auf den Bauch geschmissen und in die Steine gebissen, als wolle sie beweisen, dass sie sich tatsächlich gegen den Willen der Eltern durchbeißen konnte. Und wirklich war sie sehr durchsetzungsfähig, obwohl sie so lieblich wirkte, von weitem schon leuchtete und viel Elala-Elan mitbrachte.

Sie hatte etwas mitgebracht als Kind auf die Welt, was Ari-Elala bezauberte, weil es von einer Seite der Urgroßahnen kam, die Ola vor ihrer Auswanderung nach Amerika in Europa großgezogen hatten. Das Leuchten und die Wärme machten sie gütig, und selbst wenn sie grantig und zickig zu ihren Geschwistern oder Eltern werden konnte oder ungemütlich wurde, wenn sie Hunger bekam und lautstark mit der Erde und ihrem Schwanzbohrer kämpfte, ermüdet oder erschöpft war von langen Wegen oder zusammengeknuddelt unter Steinen lag, glänzte ihr Fell noch strahlend. Sie strahlte eine Wärme mit ihrem Herzen und Wesen und ihren Augen auf alle Elalas aus, als könne sie, ohne große Umstände zu machen, nicht ohne sie leben und diese nicht ohne sie. Ihre Augen und ihr Fell waren immer durchscheinend weich, und fast durchsichtig waren ihre Handgelenke, so fein war sie. Das war enorm für eine so kleine Elala-Frau, dachte Ari. Und er wusste, dass Ola sich immer an eine ihrer Urahninnen erinnert fühlte, oder besser gesagt, an zwei, denn die eine war hell wie Rali und die andere dunkel wie er selbst.

Die Wuchtigs hatten dagegen viele Ecken und Kanten. Sie waren kompakt oder spitz. Rali fühlte sich zu ihnen hingezogen, so sehr, dass sie oft ihr Fell an ihnen rieb oder sich an sie schmiegte oder ihren Kopf auf die Steinplatten legte. Manchmal platzten auch kleine Steinbrocken oder Splitter von ihnen ab, die Rali entzückten. Aber an die Gefahr, durch die Schwere von ihnen und von ihren Bewegungen zerrieben zu werden, dachte sie nicht, auch nicht daran, dass ihr Ei oder ihr Schwanz zerdrückt werden konnten.

Jetzt hatte sie sich vorgenommen, die Steine zum Singen zu bringen, was ganz und gar unmöglich war. Aber es reichte Rali auch schon, wenn sie sie zum Rumpeln brachte und eine Melodie dabei summte, die so schrill und hell wurde, dass die Risse in den Steinen sich vertieften. Wenn sie dann ihren Schwanzbohrer einsetzen konnte, um sich durch die Ritzen zu schlängeln und zu winden, bis sie hindurch geschlüpft war, fühlte sie sich glücklich und mächtig zugleich. Sie hatte das auch heute vor. Dumm war nur, dass Ari sie dabei erwischte hatte, er mit den Beinen auf den Boden klopfte, sein Schwanzbohrer laut brummte und er ein grimmiges Papagesicht machte. Sie lugte durch die Ritzen, begann etwas zu schwitzen vor Aufregung. Wusste er nicht, dass die Steine das nicht mochten?

Langsam fingen die Steine an zu singen, sich zu rütteln und zu schütteln und dabei zu bröseln. Das machten sie immer dabei, wie in einer Aufwärmphase, als würden sie etwas Schwereres von sich abstoßen und abwerfen und wären gleichzeitig erleichtert darüber. Der feine Steinstaub rieselte an Rali vorbei, und sie musste niesen. Aber sie freute sich über die Reaktion der Steine. Das konnte ihr Vater Ari nämlich nicht wissen, da sie diese Erfahrung schon oft gemacht hatte, er aber nicht. Und deshalb tat ihr das gemeinsame Bewegen und Summen auch nicht weh, denn das spitze und harte Wesen der Steine wurde pulverig und porös, ohne dass sie an Substanz verloren. Und wenn ihr die Staubwolke zu dicht um die Nase wirbelte, strengte sie sich mächtig an, stellte den Schwanzbohrer an und stieß sich mit aller Kraft aus den Steinen empor, da hatte sie Übung. Und das zeigte sie auch heute wieder. Papa Ari konnte nur staunen.

   Das hatte sie sich nämlich aus der Geschichte des Kennenlernens von Mama und Papa abgeguckt, erzählte Rali ihm auf dem Nachhauseweg. Er wischte sich die Stirn dabei vor Aufregung und Erleichterung. Er hatte Mama Ola aus den Steinen gerettet, deswegen sah er nur die Gefahr. Aber jetzt wusste sie es wieder einmal besser! Die Steine zerbröselten nicht nur, sagte sie ihm, wenn sie mit ihnen ihre Kraft maß. Nein, sie gerieten sogar beim Wackeln aus der Form, wenn sie ihren Schwanzbohrer einsetzte, und entwickelten ein neues Gesicht, kleine und große Gesichter entstanden. An der Innenwand des Steingehäuses sah Rali interessante Bilder von Menschen und Figuren und Gegenständen und Körperteilen, die ein bisschen erschreckend und ein bisschen hässlich und ein bisschen faszinierend und sehr schön sein konnten. Die Wände gaben ihr Gesichter wieder, die Rali sonst nie zu Gesicht bekam, und sie vergnügte sich an ihrem Anblick. Sie kugelte die kleinen Steine zu ihren Füßen zu Steinblüten oder meißelte sie zu ovalen Herzformen, die sie anschmiegsam fand. Und so wurden die Wuchtigs ihre heimlichen und echten Freunde! Ari wiegte den Kopf, denn er dachte an die beklemmende Gefahrensituation zurück, in der sich Ola am Anfang ihrer Liebe befunden hatte.

Rali musste sich deswegen etwas überlegen. Sie zeigte ihm also, wie sie durch die Steine hindurchflutschen konnte, und wie diese anfingen, dabei zu summen und zu singen. Sie malte ihm die Höhlenbilder aus, die sie an den Wänden sah, während sie sich mit den Wuchtigs unterhielt. Sie hielt ihm ihren Schwanzbohrer hin, der alles andere als wundgescheuert aussah, sondern blitz und blank war wie eh und je. Sie war ein bezauberndes Geschöpft, das musste auch ihr Vater zugeben. Aber das kam ihm umso gefahrvoller vor, denn er traute den Wuchtigs nicht recht, es waren schließlich ungetüme Gestalten dabei. Rali sah am Ende des sehr lebhaften Gesprächs mit ihm ein, dass sie ihr Spiel mit ihnen nicht ewig würde treiben können, da sie auch schwerer wurde und größer, und sie zudem ihre Zeit mit anderem verbringen würde. Zum Beispiel war sie eine emsige Tuchherstellerin aus Naturfasern für alle Elalas im Winter und wollte sich eine kleine Höhlenwerkstatt aufbauen.

Ari schlug ihr deshalb etwas listig vor, zu ihrer Begeisterung kleinere Steine zu sammeln, um diese aneinander gereiht zu einer Art Weg zu gruppieren, auf dem man dann zu ihrer Stoffwerkstätte würde kommen können. Links und rechts am Wegesrand würde es dann bunt und zusammengewürfelt, aber schön ausgewählt leuchten. Und diese Leuchtkraft würden dann auch ihre Stoffe haben, mit denen sich Elala-Frauen wie Xenia-Elala gerne schmückten. Er selbst hielt nicht so viel davon, aber die Elala-Männer hatten auch etwas pelzigere Felle und schwitzten leichter als die Elala-Frauen und Kinder. Rali war davon eine berühmte Ausnahme wie ihr Verwandter Knutschi auch, der zudem völlig geruchlos war, zudem ständig mit dem Gedanken ans Küssen herumlief, wobei ihm ganz warm um den roten Hals wurde.

Tatsächlich hatte er damit Ralis Herz für seine Idee gewonnen, denn Rali fand Knutschi-Elala geradezu hinreißend. Das lag daran, dass er so bunt wie beweglich und schön aussah, dass er aus einem Bilderbuch über Elala-Wunder stammen konnte. Denn er war einzigartig in seiner Art, mit Ausnahme von Xenia-Elala, die auch gut zu ihm passte, die es allerdings noch ablehnte, dauernd von ihm geküsst zu werden, sodass vor lauter Hunger ihm die Herzchen geradezu aus dem Mund tropften - wie die Lust, die er für sie empfand. Das war sehr aufregend, und allein die Vorstellung, beide in ihrer Nähe zu haben, weil sie bei ihr Halstücher kauften, machte Rali schon bei dem Gedanken daran nervös und fröhlich zugleich. Dafür war sie auch bereit, ein wenig auf Distanz zu den großen Wuchtigs zu gehen. Und tatsächlich bekam sie dafür ein Küsschen von ihrem erleichterten Vater, und sie machten sich auf den Weg, einige Naturfasern für ihre zukünftige Fingerarbeit zu suchen.

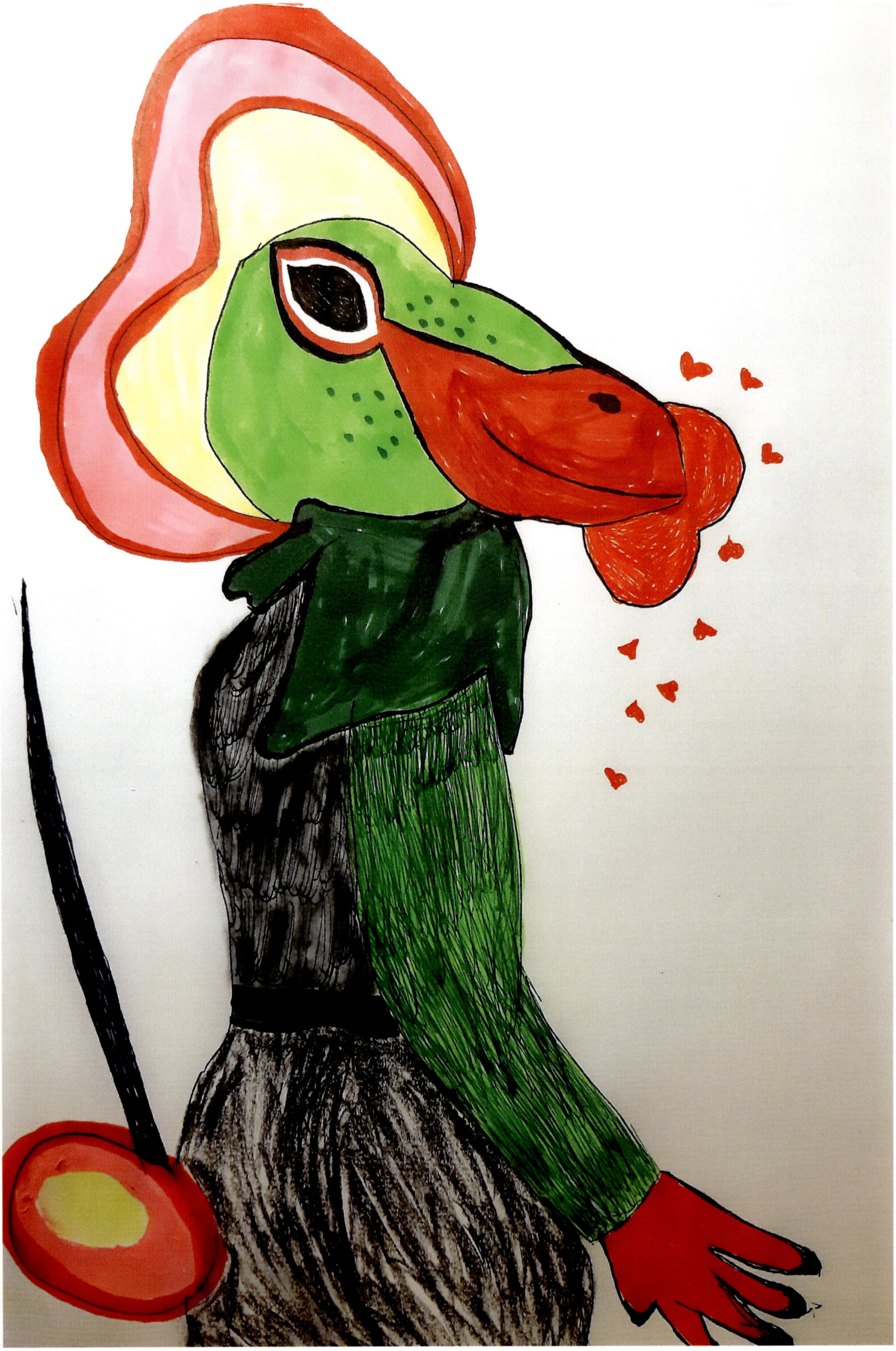

8. Knutschi und das Eleon

Knutschi-Elala war feinsinnig und hübsch auf die Welt gekommen. Schon bevor er noch laufen konnte, war er überall unterwegs gewesen, um an alles, was sich bewegte und lebendig aussah, Küsschen zu verteilen. Er war das originellste aller Elala-Kinder von Ola und Ari. Eigentlich hatten sie ihn aber adoptiert. Ari hatte ihn mit Ola zu ihrer eigenen Überraschung aus den Steinen gefischt, die Ola damals mit aus Amerika gebracht hatte oder vielmehr die Steine sie. Sie hatten ihn zu zweit schützend abgeschleppt, und dafür hatte der ängstliche, kleine und völlig zerzauste kleine Elala-Knuddel sich ständig bei beiden mit Anhänglichkeit und fast übergroßer Zärtlichkeit bedankt. Später, nachdem er viele Blätter im Wind abgeknutscht hatte und von manchem Stachel an seinem Körper mit Tränen zur Vorsicht belehrt worden war, kümmerte er sich vor allem um die nach ihm kommenden Elalababys. Sie begannen unter seinen Zärtlichkeiten fast zu schnurren. Für Mama Ola war das manchmal auch eine Erholungspause. Ola und Ari waren sich lange nicht sicher, ob Knutschi sich zu einer Frau oder einem Mann entwickeln würde, ob er sich zu beiden Geschlechtern hingezogen fühlte oder gerne beides, Mann und Frau, geworden wäre.

Er war selbst traurig und verwirrt, nicht beides zu sein, und fühlte sich darin einsam. Denn so oft er sich auch anschmiegte und Küsschen verteilen wollte, seine Eltern hatten auch anderes zu tun, und seine Geschwister reagierten manchmal unwillig, genervt. Um nicht zu stören, ging er dann zum Wasser hinaus und sah den Wellen zu. So lernte er das Eleon kennen.

Er sah das Eleon auf den Wellen reiten und bewunderte dieses fremde, faszinierende Wasserpferdchen sehr. Es war ein Elala-Etwas an ihm, das ihn an ihn selbst erinnerte, doch galt dem Wassertier seine größte Bewunderung. Es konnte auch etwas, was er selbst nicht konnte, und das war schwimmen. Das Wasser, dem er sonst eher fern blieb, wenn es starke Strömungen gab, wenn es nach allerlei Zutaten roch, ließ ihn sich nackt fühlen. Die anderen Elalas waren, bis auf Notsituationen, eher wasserscheu, denn Elalas sind sehr geruchsempfindlich und das Schlabbern und Sabbern mochten sie nicht. Knutschi, der geruchsunempfindlich war, machte eine große Ausnahme. Er panschte und sprühte gern vor sich hin, vor allem mit seinen Küsschen, wenn er es sonst auch sehr ernst nahm mit seinem Aussehen und sich manierlich verhielt.

Er war eigentlich noch zu klein, um lange von seinen Eltern getrennt zu bleiben. Bei dem Versuch, die kalten und harten Steine, auf denen er saß, zu küssen, gerieten diese in Aufruhr. Das noch unerfahrene Knutschi war sich seiner Wirkung gar nicht bewusst, seine Ausstrahlung hatte ihm niemand erklärt. Die Steine türmten sich plötzlich wuchtig über ihm auf.

Es war Eleon, das aus dem Wasser heraus sich reckte und gegen die Steine mit seiner Anmut und Kraft anschwamm, auf sie einsprach. Obwohl Knutschi nicht verstehen konnte, was es zu sagen hatte, nahm es doll Anlauf, rannte von den Steinen mit einem großen Hops auf Eleons Rücken und hielt sich an seinem schlanken gebogenen Körper fest. So ritt er, warm davon getragen, durch die Wellen und wurde erwachsen.

Jedenfalls war er seiner Kindheit entwachsen, als er wieder an Land kam. Nun wirkte er wie ein junger Mann mit weiblichen, schönen Zügen. Ihm tropften noch vor lauter Heißhunger viele Herzchen und Küsschen von den Lippen. Diese markierten seinen Weg, wo er ging und stand. Er versprühte seine Lebenslust, seine Anziehungskraft und wirkte schillernd, bunt und schöner denn je dabei. Eleon hatte sich um seinetwillen mehrmals mit den Wuchtigs angelegt, wie Knutschi nun wusste. Sie sollten ihn des Weges ziehen lassen und sich im Wasser und an Land nicht als Hindernis aufbauen. Und das Eleon verschwand in ihren Höhlen, umkreiste sie und malte sich wie eine Perlenreihe ins Wasser, die man hier und dort blinken sah. Das Eleon war sehr zart mit ihm, Knutschi, umgegangen, aber schwamm entschlossen und schnell durchs Gewässer, und als es ihn zielsicher wieder absetzte, nickte es seinen aufgeregten Eltern, die am Strand hin und her wuselten und mit den Armen fuchtelten, freundlich zu und schwamm davon.

Knutschi hatte aber nur Augen für das Wesen, das er noch nicht kannte und das mit seinen Eltern gekommen war. Er kannte den Grund nicht, warum sie, - das sah er gleich, dass es eine sie war -, warum also diese entzückende junge Elala eine Fremde für ihn sein musste. Sie war vorher noch nie dagewesen, er hatte sie nicht gesehen. Sie trug einen supergrünen schicken Schal um den Hals und hatte tolle Flügelärmchen zusätzlich an den Schultern, die in einer ornamentalen Tätowierung an ihrem Halsansatz begannen. Knutschi war sofort verliebt. Ihre Augen blickten ihn so warmherzig an, dass er sich augenblicklich an das Eleon und seine Zauberkräfte erinnert fühlte.

Xenia hatte eine sehr lange Reise hinter sich. Sie war praktisch vom anderen Ende des Flachlands hier herüber zu den Steinfelsengegenden gewandert. Das hatte sehr lange gedauert. Damals sah sie nicht so ausgeruht aus, wie sie ihm erzählte – das passte zu ihm. Denn er war bei den Wellenritten auch völlig durcheinander gekommen. Durch das Nasswerden konnte er auf Schönheit kaum achten. Xenia war nicht direkt verwandt mit dem Stamm seiner Eltern, aber als sie von der Elalafamilie hörte, hatte sie sich auf den Weg gemacht und war Ola und Ari herzlich willkommen.

Dann geschah, was geschehen musste: Knutschi war so voller Gefühl für sie, dass ihm hunderte von Küsschen aus dem Mund sprudelten, obwohl er verlegen versuchte, es zu verbergen. Sie wehten alle zu ihr hin und hüllten sie ein wie eine große schwebende Herzwolke. Sie dufteten und zogen sie näher zu ihm heran. Ola zog Ari am Arm und flüsterte ihm etwas zu. Beide zogen sich zurück, um zu den Steinhöhlen und den Kindern zurückzukehren. Xenia und Knutschi standen voreinander wie angeklebt. Im Zurückblicken sah Ola etwas, was sie sehr vergnügte. Sie war sich sicher, dass sie eine immer größere Familie werden würden, wenn auch an verschiedenen Plätzen. Xenia hatte nämlich ihren schönen Schal und ihre Flügelärmchen um Knutschis grünen Halspelz gelegt. Sie sahen beide grünrot und rotgrün aus vor lauter Sehnsucht nacheinander und kamen sich immer näher.

Von weitem sah Ola nur noch eine Umarmung der beiden. Weißt du eigentlich, wie lieb ich dich habe?, fragte sie Ari. Und habe ich Dir heute schon gesagt, dass ich Dich liebe?, gab er zurück. Da mussten sie beide lachen. Und sich knutschen.

9. Xenia-Elala

Das Besondere an Xenia war, dass sie nicht nur größer war als alle anderen Elalas, sondern sie hatte auch länger zu warten auf Kinder als Ola, denn sie konnte nur einmal im Jahr ein Baby empfangen. Warum das so war, wusste niemand. Aber wenn das nicht klappte, und es klappte immer wieder nicht, musste sie erneut lange warten. Knutschi speicherte beherzt all seine Küsschen für sie und für den richtigen Moment. So verging einige Zeit. Eli hatte in Xenia ganz offensichtlich und doch ganz versteckt eine Freundin, auch wenn er das vor allen geheim hielt.

Er hatte nämlich einen Plan, um Xenia zu helfen, weil er sie ganz ungewöhnlich fand. Und er sah, dass sie manchmal traurig war, auch wenn sie es nicht zeigte, und sie mit Rali zusammen Stoffe webte, die sie dann zum Wärmen und Ausschmücken in den Steinhöhlen benutzten. Er überredete Woli nicht mehr dauernd, auf Shani aufzupassen, der aus seinem Steingehäuse geschlüpft war, sondern sammelte mit ihm Fusseln, Blätter und Stoffreste und bastelte mit ihm daraus einen bunten, an der Außenfläche sehr festen Ball. Und an einem Tag, an dem sie mit Knutschi, von Küsschen umnebelt, in ihr Höhlenbett ging, schenkte er ihr eine Rutschpartie, indem sie, auf dem Ball sitzend, von ihm vorsichtig geschubst wurde, sodass sie darauf herumbalancierte. Der Schwebezustand, sich auf dem Ball zu halten, der gleichzeitig Kraft verlangte, war so, wie zwischen Himmel und Erde zu balancieren. So stellte er sich vor, wie man am besten Babys machen konnte.

Dann plumpste aber Xenia, die sich mehr ihm zuliebe auf das Spiel eingelassen hatte, vom Ball. Sie fiel ziemlich schräg, rappelte sich auf, so schnell er gar nicht gucken konnte, und humpelte mit schiefem Schnäuzchen davon. Eli lief ihr, sich entschuldigend, hinterher. Er sah, dass sie weinte, aber nicht über ihn. Und er hatte bereits eine neue Idee. Er knüllte lauter Blätter einer besonderen Blumenart, die er bei sich Schwuppdiwupp nannte, weil er keinen Namen dafür kannte, zusammen, benutzte heimlich seinen Speichel, um sie klebrig aneinander zu befeuchten und versüßte sie mit etwas Honig. Dann schenkte er einen ganzen Haufen davon Xenia, sie würde dann schon davon dick werden.

Und tatsächlich lächelte sie auch, als er ihr, eingepackt in lauter Farnblätter, die Kügelchen brachte. Sie waren etwa murmelgroß, und er hörte sie schmatzen, während sie weniger wurden. Das gab es selten, denn Xenia-Elala war immer wie aus einem Ei gepellt, wunderhübsch und außerdem war sie, anders als er, sehr beherrscht.

Und so kam es, dass Xenia etwas runder wurde und rosig und jung wirkte. Alle Elalas, nicht nur Eli, waren etwas verliebt in sie und hielten sich gern in ihrer Nähe auf. Es war eine Mischung aus Bewunderung und Wärme, die sie einfach umgeben musste. Sie wirkte so flirrend aufregend dabei, weil sie es gar nicht zu bemerken schien, wie man sie umschwärmte. Dabei wachte Knutschi-Elala genau darauf, dass nur seine Küsschen ihren Pelz wärmten und keine anderen.

Eli brachte Xenia zwar immer wieder seine Kügelchen vorbei, aber er war sich allmählich sicher, dass sie deswegen noch keine Kinder zur Welt bringen würde. Und er verstand, dass er zu klein war für sie. Die Küsschen von Knutschi waren so einmalig, dass er sich einen anderen Weg suchte, um auf sich aufmerksam zu machen.

Er nahm an einem Farbenfest der Natur teil, indem er sich immer öfter an den besonders herausragenden Steinen rieb, die leicht zerbröselten, und ihre Patina, ihre alten Farben, roch er gern. Er nahm Farbstaub in die Hände und rieb damit sein Fell ein. Dies bewirkte, dass er mit der Zeit ein Fell bekam, das rot und ockerfarben aufleuchtete, und mit diesem Selbstvertrauen bekleidet war Eli der auffallendste kleine Elala weit und breit. Er hatte überall Kontakte. Zugleich war er aber sehr goldig, schnäuzte sich oft und konnte Gefühle wie Düfte verbreiten, wenn er sich freute. Und je mehr er sich im Gefühl auflöste, umso aktiver wurde er. Das brachte ihn auf die Idee, für Xenia und alle anderen ein weiches Kuschel- und Schmuselager aus Federn zu schaffen. Das würde sie weich machen, empfänglich. Und zum Ausruhen für sie alle war es auch hin und wieder geeignet. Es sollte sich anbieten wie ein Wohlfühlhotel. Er machte sich Gedanken, wo er die Federn dafür hernehmen konnte.

Und so kam es, dass Eli überall, wo er konnte, Moos sammelte auf den Wegen, es nach Hause in die Steinhöhlen trug, ab und an ein weiches Blatt dazwischen mogelte, und hin und wieder auch tatsächlich eine Feder oder einen Faden von einem Wurmelitz fand. Dazu suchte er die Kelche blühender Blumen ab und puderte sich mit ihrem Staub ein, wälzte sich dann in seinen Mitbringseln, sodass langsam und allmählich eine Art Bodennest entstand. Als es breit und hoch genug war, legten sich vergnügt seine Geschwister hinein, und auch Knutschi und Xenia waren mit von der Partie. Aber obwohl Xenia allerliebst aussah dabei, wurde ihr Bauch mit der Zeit nicht dicker davon. Eli war enttäuscht, bis Xenia ihm versprach, dass sie in einem solchen Himmelbett gerne ein Kind gebären würde. Sie vertröstete ihn auf eine gewisse spätere Zeit und ließ sich nicht anmerken, dass sie selbst schmerzlich darauf wartete. Aber es stellte den kleinen Hopser zufrieden.

Denn das war am aller- alleraufälligsten an Eli, dass er dauernd um alle herumhopste wie ein kleiner Gummiball, der nicht genug bekommen konnte von der Bewegung, dem Schaukeln, dem Springen und Turnen - und der nur so flattern konnte, boxen und strampeln wie eine ganze Schar voller Energie- Lichtblitze und Sternchen, die durcheinander flogen. Selbst im Schlaf konnte man sehen, wie sich seine Füßchen bewegten. Wenn er wach wurde, sah er Ola-Elala mit einem solchen Strahlen an, während sie sich ab und an zu ihm hinabbeugte, dass es nur Sekunden dauern konnte, bis er aus dem Bett sprang.

Daher war Eli derjenige, der am schnellsten auf die Nase fiel, aber auch der erste, der wieder aufstand. Und der immer etwas zu entdecken hatte. Da er fast überall zugleich war, wusste er fast alles über andere oder bildete sich das zumindest ein. Eli war so etwas wie ein Sammler von Fischer- oder Spinnennetzen unter den Elalas. Er turnte immer zwischen allen herum, spann lauter Fäden zwischen ihnen aus Sinn und Unsinn. Aber diese waren nicht gefährlich klebrig und unsichtbar wie die vom Wurmelitz, sondern verbanden die Elalas untereinander. Alle hatten etwas von ihm, und er war ein Teil zwischen ihnen. Das brachte ihm hin und wieder das Glück ein, wie ein Schmusekater eingerollt im Tuch, eingedeckt von Xenias langen Armen, die frische Luft der Elalawelt von oben nach unten zu betrachten. Und wenn er aus diesem Tuch heraussprang, war er so springlebendig wie ein Grashüpfer. So kam es, dass Eli ein kleines bisschen zaubern konnte. Seine Eltern staunten nicht schlecht, denn er wurde immer größer dabei. Eines Tages würde er ihre alte Welt mit seiner neuen verbinden und etwas ganz Eigenes daraus hervorzaubern, so viel war sicher. Etwas, was so hoch war wie ein Turm, so lang wie ein Tunnel, so rund wie eine Schnecke, so kantig und spitz wie ein Kreisel und so weich wie Schnee – und sein Licht würde sie bescheinen.

10. Centauras und Elalas

Der weite Blick auf alle Seen und Gebirgsspitzen fehlte Ola-Elala auch nach so viel Eingewöhnungszeit und bei aller Liebe zu Ari. Sie wusste, dass irgendwo im Osten gelegen, in polnischen und russischen Gegenden, auch viele Gewässer lagen, und weiter im Süden Europas sich auch spitze Steinformationen mit blauwarmen Tümpeln abwechselten. Aber all das war nicht dasselbe für sie, das war ja auch weit weg. Sie hockte immer öfter etwas verloren inmitten der Elalaschar und wurde abwechselnd dicker und dünner, was nicht nur Ari und Xenia mit wacher Aufmerksamkeit verfolgten, sondern von weitem wieherte auch Centaura mit einem besorgten Blick aus ihrer kleinen Herde herüber und schüttelte ihre Mähne. Inzwischen hatten sich die Centauras um zwei Stutenfohlen und ein kleines Hengstfohlen vermehrt.

Um ihre Unausgeglichenheit zu beherrschen, sammelte Ola eine Menge Kichererbsen, Nüsse und Granatäpfel von verschiedenen Ebenen und Hügeln auf, die sie dann zu einer besonderen Mahlzeit, einer Art bissfestem Brei, für ihre Familie zubereitete. Dabei achtete sie stets darauf, dass die hin und her watschelnden Mäanderlinge auch etwas abbekamen. Auch die Centauras, nicht nur die Elalas, nahmen gerne einige Bröckchen genussvoll kauend auf oder suchten den Boden nach Resten ab. Manchmal ließ Ola die Äpfel eine ganze Weile liegen, und so kam es, dass hier und da nach dem Essen eine lustige und knuffelige Torkelei begann unter ihren Kindern, was dazu führte, dass sie besonders gern nach dem gärenden Obst auf die Suche gingen. Beschwipst ließen sie ihre Schwanzbohrer rollen und leckten sich leise rülpsend die Schnäuzchen ab.

Aber das alles konnte nicht darüber hinwegtäuschen, dass sich ein kleines Loch durch das Herz von Ola-Elala fraß, fast wie eine Raupe. Und obwohl das Unsinn ist, weil sich ein Loch ja nicht bewegen kann und auch nicht schmatzen, hatte Ola doch das Gefühl, dass das Loch in ihr ein eigenes Leben hatte und an ihr herumkaute…sie manchmal so aushöhlte, dass sie im Dunkeln tappte, sich im hellen Licht betrübt fühlte oder unter ihrem Dasein litt. Aber wohin sollte sie gehen, weg von ihren Lieben?

Und so kam sie auf die Idee, einen Tunnel zu graben, der verschiedene Windungen und Rundungen und Höhlen haben konnte und der für die Elalas und die Centauras geeignet war zum Umherwandern und Ausruhen, zum sich Niederlassen und zum Schutz. Und es sollte ein Tunnel sein, der mit einem Höhlenloch versehen, auch zum Feiern geeignet war. Sie wusste, dass das eine sehr lange Zeit dauern würde, denn ihr Schwanzbohrer würde müde werden, und sie konnte das kaum alleine schaffen. Ans andere Ende der Welt zu gelangen, die Welten miteinander zu verbinden, das Ritzen und Ratzen und Löchermachen in den Steinen, sie zu verändern, begehbar zu machen, ihre rauen Wände glatt zu schleifen und mit etwas Buntem auszukleiden, das Nahe und das Ferne zu verbinden, war eigentlich viel zu schwer. Und auf der anderen Seite der Welt, von der sie kam, auch wirklich herauszukommen und doch wieder zurückzufinden, war geradezu unmöglich. Wie sollte das in ein Elalaleben passen?

Sie dachte auch an das Stückchen Erde, das die Wüste und den Wald verband und in dem im seltensten Fall mal Schnee fiel, es dafür aber am Rand des Landes auch Meereswasser gab. Es lag so ziemlich in der Mitte ihrer Träume, Sehnsüchte und ihrer Wurzeln, und sie fühlte sich manchmal hin und hergezogen, als wären zu viele Tintenfisch-Ärmchen oder Wurmelitze dabei, sie zu berühren und zu betasten und zu umschlingen und zu verlocken und anzutippen. Und so fühlte sie sich mal hierhin und mal dorthin gebogen und gezogen und dennoch verloren, außer, wenn sie mit den Centauras über die Steppe jagen konnte. Oder mit den Elalas bei Lichteinfall in der Gruppe versammelt war in einem Knuddelwurschtelwuseltechtelmechtel. Etwas, was sich sonst verbarg vor ihr, zeigte sich dann. Sie fühlte sich nah bei sich und zugleich bei den anderen durch ihre Aktivitäten. Daher kam sie sich vor wie ein Band zwischen den Elalas und den Centauras, als alle mithalfen den Tunnel zu graben.

Der Tunnel wurde zur unmittelbaren Umgebung ihres Herzpunktes, der sich der ganzen Welt mitteilen wollte - indem sie wegen der Luftzufuhr für alle darauf bedacht war, unentwegt Löcher zu schaffen, die das Licht, das Rechts und das Links, das Oben und das Unten, das Kleine und das Große, das Dünne und das Dicke und das Laute und das Leise und die schnaufenden Centauras mit den kratzenden Hufen und gebogenen Hälsen und die ächzenden Elalas mit den gespitzten Schwanzbohrern und die schweren Wuchtigs und die quaddeligen Mäanderlinge und das Eleon und das Wurmelitz und die Höhlengeister gegen das vielgestaltige Nichts antreten ließen und alle Nichtse in ihr auslöschten. Die Überwelt und die Unterwelt und die Zwischenwelt lösten sich im Licht und in der Luft auf.

Deswegen war das Ende des Tunnels gar nicht willkommen für sie. Denn immer, wenn sie einmal verschnaufen musste, sah sie durch die Ritzen und Löcher etwas von den anderen Welten, die sie in ihren Träumen schon kennen gelernt hatte, sah die anderen Elalas in ihrem Dasein und hatte das Gefühl, die Welt des Diesseits und des Jenseits, die Welt mit Ari und die Welt, aus der sie kam, zu verbinden. Und auf dieser Wanderung zwischen der Oberfläche und der Unterwelt ergab sich ein Zwischenreich, in dem sie alle lebten, das wie Krater und Maulwurfshügel aus der Erde ragte. Dies waren für sie die Höhepunkte. Sie würden zwar vergehen und verwehen oder verkrusten und verhärten, sich verändern mit der Zeit wie sie selbst, aber sie luden alle zum Halten, zum Platznehmen, zum Essen, zum Spielen, zum Streiten und zum Sich-Lieben ein.

Gleichzeitig wollte sie am Ende des Tunnels gern ankommen, aus ihm heraustreten und sich endlich zwischen Sand und Bäumen, warmen Tälern und kühlen Höhen bewegen. Aber sie schob den Gedanken auf, es gab sehr viel zu tun. Die Centauras stießen andauernd an niedrige Steindecken, mussten sich durch enge Öffnungen zwängen und galoppierten widerwillig davon, um erst spät abends wiederzukehren. Die kleineren und jüngeren Elalas kamen nicht schnell genug voran, lernten zu wenig vom Lebens-Alphabet und beklagten, dass ihre Schwanzbohrer schmerzten. Knutschi und Xenia waren so verliebt, dass sie immer an etwas anderes dachten, z.B. ihre Körper aneinander zu reiben, statt mitzubohren und zu graben. Und außerdem war unübersehbar, dass Xenia schwanger war, auch wenn sie noch nicht merken ließ, dass sie es wusste, aber Ola kannte sich da aus.

Außerdem sah Ari niedergeschlagen aus. Er half ihr, wo er konnte, aber manchmal sah er sie etwas grübelnd von der Seite an. Und wenn sie sich ihm zuwandte, versuchte er seinen Schwanzbohrer zu verdecken, denn er wurde grauer und grauer, und an manchen Tagen war er fast stumpf. Wie lange würde er diese Strapazen ihr zuliebe durchhalten? Sie hatten wenig Zeit zu zweit. Und würden sie jemals da ankommen, wo sie hinwollte? Xenia würde sich auch niederlassen müssen für eine längere Zeit, der Herbst-Winter würde darüber anbrechen. Ein neues Elala würde ihre Familie kurz vorher, in der blassbunten Blätterzeit, vergrößern und musste in dieser Jahreszeit beschützt werden durch Steinhöhlen, bis es reif für das Ausbrechen und Durchschlupfen war. Solange mussten sie alle verharren. Gab es dieses Herzland überhaupt? Und wenn sie sich nicht irrte, so war Ola zum ersten Mal enttäuscht, nicht fliegen zu können.

Daher kam es, dass Ola eines Morgens, nach einer besonders anstrengenden, alle Kräfte erfordernden Graberei, die sie in einer riesigen großen Höhle betrieben, von der aus man durch zwei verschiedene Eingänge und viele größere Löcher und Ritzen ins Freie kam, sich auf eine kleine Wanderung in die Umgebung machte, statt nach dem anderen Ende der Welt zu bohren und zu graben. Alle blickten ihr erstaunt nach. Die Centauras wieherten leise. Bei ihrer Erkundung der Gegend stolperte sie einmal auf einem kleinen unebenen Kiesweg und stieß mit der Nase in eine Kuhle, die sich als kleine Erdmulde entpuppte. Und darin lagen, eng beieinander, drei winzige kleine Wesen, die aussahen wie Mini-Elalas. Neben und auf ihnen krabbelten und flogen einige rote Käfer mit schwarzen Punkten.

Ola war gerührt. Sie hielt ganz still und lauschte in den Wind und meinte, kleine Schnarchtöne zu hören. Aber vielleicht war es auch das Rauschen der Bäume. Hier in der Gegend gab es viel Kies, wenn auch keinen Sand. Und die Käfer flogen und schwirrten umher, die kleinen Knuddel bewegten sich, reckten sich und schauten sie mit großen blinzelnden Augen an. Das war Liebe auf den ersten Blick. Die knuddeligen Kinderlech rückten gleich näher an sie heran und hopsten ihr auf den Schoß, eins machte Pipi dabei. Ola schwitzte selbst etwas vor Aufregung. Woher kamen diese kleinen Wesen, die ihr so ähnlich waren? Da sie offensichtlich nur auf sie gewartet zu haben schienen und eine lange Zeit verging, ohne dass jemand vorbeikam, hatte Ola ein wenig Zeit, sich die bunten Felssteine ringsherum anzusehen und schön zu finden. Ebenso gefielen ihr die Käfer, die sie noch nie gesehen hatte. Hier in der Gegend war es auch einige Grad wärmer.

   Sie machte sich langsam auf die Rückkehr. Und siehe da, die kleinen Elalas kamen hinterher gesprungen. Ola hatte das ungewohnte Gefühl, sofort vertraut mit ihnen zu sein. Sie mochte ihre spontane Anhänglichkeit. Sie würden also eine noch größere Familie mit verschiedenen Gruppenmitgliedern unterschiedlicher Art werden. Das war wie eine neue Welt. Auf die Schultern nahm sie ein besonders wuscheliges Etwas und hatte plötzlich das Gefühl, erst einmal hier bleiben zu können. Was später war, mochte sich dann zeigen oder konnten sie dann alle zusammen entscheiden. Oder ihr fiel ein, wie es schneller ging, mit dem Tunnel bis ans andere Ende der Welt zu kommen. Jetzt konnten sie auch an diesem Fleck Erde eine Elala-Insel bilden inmitten von Käfern und Pinienduft. Sie war sich sicher, dass das auch ein Weg sein konnte, ein Weg für alle. Mit diesem Gedanken betrat sie, von summenden, roten, fliegenden Pünktchen umgeben und drei kleinen Winzlingen, die Familienhöhle. Fortan hieß die kleine Insel Elala-Pünktchen und vergrößerte sich von Jahr zu Jahr. Manchmal erhaschen wir im Traum einen Blick darauf…manchmal.